scheriau
kramgiyr

Mario Schlembach

heute graben

Roman

Kremayr & Scheriau

ERSTES HEFT

Heute graben. Die Erde feucht, lehmig. Bei den ersten Brettern des Sarges sagt Papa, ich hätte »die da unten« gekannt. Ich erinnere mich nicht. Während der Trauerfeier schreibt mir eine Unbekannte. Sie will wissen, wie groß ich bin. 1 Meter 80 reichen wohl nur bei Toten. Nach dem Begräbnis: Schnitzel und Bier. Seit zwei Tagen schmerzt meine Brust. Ich fühle, dass ich krank werde.

∞

Es beginnt wieder: die Arbeit an dem Buch. Ich weiß nicht, ob es richtig ist, aber der Weg ist eingeschlagen. All das Material, das seit Jahren in der Schublade liegt, wird nur noch zur Last. Aber wie lässt sich eine verlorene Liebe zu einem Roman korrigieren?

∞

Montag nur auf dem Friedhof. Die ganze Woche Begräbnisse. Toter auf Toter und kein Raum dazwischen, um ins Schreiben zu finden. Da ist dieses ständige Gefühl, dass mir nicht mehr viel Zeit bleibt und ich jetzt alles aufschreiben muss oder es ist für immer verloren. Ich werde schon wieder zu dramatisch. Eine einfache Verkühlung und ich denke, ich muss sterben. Wahrscheinlich eine Berufskrankheit.

∞

6 Uhr 30. Papa ruft. Ich habe vergessen, mir den Wecker zu stellen. Die immer gleiche stille Fahrt zum Friedhof. Oma auf dem Weg Eier gebracht. Erdcontainer aufbauen. Graben. Alles ohne Komplikationen. Blunzengröstl zu Mittag. Und danach, was ich nicht wusste, ein Termin mit dem Bestatter für eine Exhumierung. Wir müssen eine Gruft ausräumen, um Platz für die nächste Generation zu schaffen. Der Friedhof ist gesperrt. Als der Steinmetz den Deckel öffnet, schwimmen die Särge darin wie Gurken im Einmachglas.

∞

Mit Rotwein im Blut meine allerersten Notizen durchgeblättert. Welch idealistischer Narr ich war! Ich wollte die Welt verändern. Ich wollte zeigen, dass das Gute und Schöne vor unseren Augen liegt, wenn wir alles mit demselben Respekt behandeln wie uns selbst. Ich wollte die Menschen auf den Pfad meiner Liebe führen, ohne zu wissen, was das war, und schrieb einen detaillierten Plan dazu. Erster Schritt: Weg von zu Hause! Zweiter Schritt: Die ganze Welt sehen! Dritter Schritt: Ein Buch schreiben, das alles sagt! Dieser Idealismus dauerte genau ein Semester lang. Dann stieg A. in den Zug und es war mir sofort klar, dass es nur einen einzigen Zweck für Worte gab: sie! Meine Welt lag jetzt in ihren Augen.

∞

Für eine 104-Jährige graben. Die Erde hart und voller Steine. Auf 1 Meter 60 Tiefe stoßen wir auf einen Felsen. Nur Sprengstoff hätte uns weitergeholfen.

∞

Wohin sind die wohligen Träume? Nichts als verschwommene Bilder und die ständige Angst, zu spät dran zu sein. Aber wofür? Niemand wartet auf mich. Niemand... Auf dem Bahnsteig. Eine Frau, die ich nur flüchtig kenne, bittet mich, sie zu begleiten. Alles würde ich dafür geben, mit ihr in diesen Zug zu steigen, aber ich tue es nicht. Ein nicht mehr zu identifizierendes Mädchen ist im Fluss ertrunken. Ich muss sie begraben.

∞

Jeden Tag mit dem Hund im Wald. Stets derselbe Weg. Vorbei an dem Gedenkstein für einen Forstpraktikanten, der hier erschossen aufgefunden wurde. Es wäre vielleicht eine schöne Geschichte: Eine Postkarte im Laub. Vorne der Schattenriss eines Mädchens und auf der Rückseite eine einzige Frage: »Glaubst du, dass man jetzt schon für sein ganzes Leben lieben kann?« Sie beantwortete seine Frage nie. Mit 17 Jahren hat sich der Junge das Leben genommen und nun sind seine Nachfahren auf ewig dazu verdammt, in jeder Frau die *eine* zu sehen. Der Mythos des Sehnsüchtlers, der all seine Lieben wie einen Stein rollt und rollt und rollt...

∞

Am Vormittag zur Hausärztin, die mir nichts gegen die bereits wochenlang andauernde Verkühlung verschreibt. Prophylaktisch schickt sie mich zum Röntgen, weil ich vielleicht eine Lungenentzündung übergangen haben könnte, als ich letzten Winter mit Grippe im Bett lag, aber trotzdem bei Minusgraden hinaus zum Friedhof musste.

∞

Im Diagnosezentrum ohne Termin. Aus Mangel an Optionen blättere ich durch *Brigitte* und *Lisa*. Neben dem *Donauland*-Katalog, von dem meine Mama ihren monatlichen Liebesschinken bezog, waren diese Zeitschriften das Einzige, was bei uns auf dem Klo als Lektüre stets vorrätig war. Nach zwei Stunden werde ich oberkörperfrei vor eine weiße Platte gestellt. Ein schriller Ton erklingt. Fertig. Zurück zu Hause verzweifle ich vor den leeren Seiten.

∞

Kurz vorm Einschlafen schreibt mir eine Volksschullehrerin, die lange Strandspaziergänge mag und von einem eigenen Märchenbuch träumt. Als ich von meiner Kindheit auf dem Friedhof erzähle, antwortet sie eine Minute vor Mitternacht: »Gute Nacht, kleiner Prinz der Unterwelt.« Nach dem Aufwachen ist unser Gespräch gelöscht, als hätte es nie existiert.

∞

Gegen 10 Uhr ist es mit dem Schreiben vorbei. Ich fahre zum Supermarkt und lasse den Hund auf dem Feldweg laufen. Der Bestatter hat mich gebeten, am Nachmittag als Träger auszuhelfen. Kurz bevor die Zeremonie beginnt, stellen wir uns zu viert neben den Sarg. Meine einzige Aufgabe für die kommende halbe Stunde: lebendig verschwinden. Trauerzug. Es regnet. Wir heben den Sarg vom Bahrwagen und bringen ihn zur Ruhestätte. Unzählige Male hat mir Papa gepredigt, ja nicht bei Regen oder Schnee auf eine polierte Grabplatte zu treten, aber mir bleibt keine andere Wahl. Sofort rutscht mein Fuß weg und der Bestatter packt mich im letzten Moment am Kragen. Ein Schritt weiter und ich wäre vornüber ins Loch gefallen. Zwei Meter hinab! Der Fall alleine hätte mich wohl nicht umgebracht – der schwere Sarg von dieser Höhe schon. Lächerlich, von einem Toten erschlagen zu werden.

∞

Würde ich jetzt sterben, könnte mein Buch über A. nicht einmal als fragmentarische Talentprobe veröffentlicht werden. Bloß Selbstzweifel versüßt mit Sehnsuchtsballaden. Mechanisch tippe ich die alten Notizhefte ab, ohne den richtigen Rahmen zu finden.

∞

Die Hausärztin sieht sich die Bilder meiner Lunge an und schreibt mir sofort eine Überweisung zur Computertomografie. »Ausgedehntes Verschattungsareal«, lese ich im Röntgenbefund. Nichts als Vernarbungen wahrscheinlich. Wenn die Lunge der Sitz der Trauer ist, dann muss meine einem Schlachtfeld gleichen.

∞

Beim Zähneputzen starre ich in den Spiegel. Vollbart. Die Haare schulterlang. Die alten Frauen auf dem Friedhof schauen skeptisch. Als würde sie bald Jesus höchstpersönlich unter die Erde bringen wollen. Aber bei der Vorstellung, mir einen Frisörtermin auszumachen, bekomme ich Panikattacken. Wie lange hat mich niemand mehr berührt? Vielleicht sollte ich mich zumindest einmal rasieren, um zu sehen, ob ich noch da bin.

∞

Papa überlässt mir kaum die Schaufel. Rein formal habe ich seine Arbeit auf dem Friedhof übernommen, aber statt mich ab und zu ins Loch zu lassen, verausgabt er sich völlig. Hat er Angst aufzuhören? Wie als Kind sehe ich ihm schweigend zu und verfalle der Trance seiner Bewegungen.

∞

Mein allererstes Treffen mit einer Internetbekanntschaft. Viel zu früh im abgemachten Lokal. Ich tue so, als würde ich ein Buch lesen, bis endlich B. eintritt. Ihr offenes Wesen gefällt mir sofort. Zittrig stammle ich Allgemeinplätze als Sätze und verschlucke dabei jedes Wort so sehr, dass mein Gegenüber ständig nachfragen muss, was genau ich damit meine. B. arbeitet für eine Anwaltskanzlei. Wir teilen uns eine Hauptspeise. Ich höre ihr aufmerksam zu und beginne nach ihren Ausführungen und dem Rückgewinn eines Teils meiner sprachlichen Fähigkeiten von mir zu erzählen: Bauernhof, Möchtegern-Schriftsteller... Totengräber. B. schweigt. Ich habe mich so wohl gefühlt, dass mir der Friedhof irgendwie rausgerutscht ist. In meinem Kopf rotiert es. Statt schnell das Thema zu wechseln oder zumindest irgendeine Reaktion abzuwarten, rede ich mich in einen Rausch über das Handwerk des Grabens. Ohne jeglichen Filter erzähle ich alles, wie es in mir hochkommt: Knochendichte, Verwesungsgrade... Warum? Nach meinen Ausführungen deutet B. dem Kellner und bezahlt für uns. Beim Gehen sagt sie, dass es schön gewesen sei und sie sich bei mir melden werde. Es erfordert keine große Gabe, Höflichkeitslügen lesen zu lernen.

∞

Zum Friedhof. Die Erde steinhart. Ich hole das Stemmgerät. *Knock-knock-knockin' on heaven's door.* Nach den ersten zehn Zentimetern wird der Boden zum Glück lockerer. Laut Grabstein liegt die letzte Beerdigung fünf Jahre zurück. Am Kopfteil ist der Sarg noch nicht ganz eingebrochen. »Schauen wir uns ihn einmal an«, sagt Papa zu mir. Ich habe es als Frage verstanden, aber es war keine. Noch alles da. Die Leiche ist in ein großes, weißes Tuch eingewickelt. Wahrscheinlich wegen Infektionsgefahr oder aufgrund eines Unfalls. Papa kann sich nicht erinnern und es muss ein Rätsel bleiben, das auch ich nicht klären will.

∞

Fußball und Bier, während mir eine Publizistikstudentin mit einer Karikatur als Profilbild schreibt: »Was suchst du in einer Frau?« Habe ich mir über den Part danach je Gedanken gemacht? »Jemanden, der mich nicht braucht«, tippe ich ins Telefon, weil es gut klingt, und führe diesen Satz nicht weiter aus. Wischi-Waschi-Antwort. Wahrscheinlich die falsche. Das Frage-Antwort-Spiel mit der Fremden endet sofort und ihr Name verschwindet von meinem Bildschirm. Würde *Die Liebe im Zeitalter ihrer technischen Reproduzierbarkeit* eine Quizshow sein, wäre ich wohl ihr miserabelster Kandidat.

∞

Aufgelassene Ruhestätte. Ich grabe hinab. In Hüfthöhe taucht ein Krokodil auf. Es schnappt nach mir. Was nun? Vorsichtig schaufle ich um das Monster herum und muss ständig aufpassen, nicht gefressen zu werden. Es ist furchtbar mühsam, die richtige Tiefe zu erreichen.

Der Verzweiflung nahe, beginne ich hemmungslos zu lachen und wache davon auf.

∞

Im Zug durch die regnerische Landschaft. Eine junge Frau steigt ein und setzt sich mir gegenüber. Immer wieder schaue ich von meinem Notizheft hoch. Als sich unsere Blicke treffen, lächelt sie mich an. Genau so hat alles begonnen. Mein Herz rast. Es ist lächerlich. Das Mädchen mir gegenüber gleicht in nichts A. und doch ist es so, als würde sie wieder bei mir sitzen. Habe ich diesen Zug mit ihr je verlassen?

∞

Computertomografie. Eine Assistenzärztin überreicht mir den Fragebogen zu meinem gesundheitlichen Ist-Zustand und legt mir gleich die Infusion. Wenig später werde ich in eine kleine Kammer gerufen, die nur aus Spiegeln besteht. Ich soll meinen Oberkörper freimachen. Meine Figur gleicht immer mehr einer letscherten Birne. Ich werde weitergeführt und zur Röhre gebracht. Hinlegen. Hände über den Kopf. Hinein in die Maschine und fünf Minuten der kalten Computerstimme folgen: »Bitte einatmen und die Luft anhalten.« Helle Drehgeräusche. Ein Klacken. »Normal weiteratmen.« Vom Kontrastmittel spüre ich zunächst nichts. Erst während des letzten Drittels bemerke ich ein leichtes Kribbeln im Bauch und dann wird mein Schädel plötzlich so heiß, dass er jeden Moment zu explodieren droht. Zurück im Spiegelkabinett ziehe ich mich wieder an und warte auf dem Gang auf weitere Anweisungen. Im Fünf-Minuten-Takt werden Namen aufgerufen. Fließbandarbeit. Das Material sind die Menschen. Die Maschine bestimmt den

Rhythmus. Nach einer Weile kommt die Assistenzärztin zurück, gibt mir die Bilder meiner Lunge und zieht ganz sanft die Infusionsnadel aus meinem Arm. Ihre blonden Haare sind nicht länger zu einem Zopf gebunden und erst jetzt erkenne ich, wie strahlend blau ihre Augen sind. Ich lächle sie an, aber bleibe nichts anderes als ein ausgefüllter Fragebogen für sie.

∞

»Fleckig-konfluierende Verdichtungen in beiden Lungen, oberlappenbetont, kleinnoduläre Veränderung der Interlobulärsepten. Mediastinale und bihiläre Lypmphadenopathie. Der Befund ist supekt für das Vorliegen einer Sarkoidose (Morbus Boeck). Eine weitere pulmonologische Abklärung ist angeraten.« Müsste das Böse, dort, wo man Angst um sein Leben haben sollte, nicht ganz klar geschrieben stehen? Was fange ich mit diesem nüchternen Fließtext voller Fremdwörter an? Ich schlage die Begriffe nach und es ist ein Spiel mit dem Feuer.

∞

Ein Strand. Ich grabe im Sand. Langsam kommt das Wasser immer näher. Was als Spiel beginnt, wird zum bitteren Ernst. Ich schaufle wie wild, um die richtige Tiefe zu erreichen, aber mit jeder Welle fällt das Loch in sich zusammen. Nie werde ich fertig! Es ist noch dunkel, als ich aufwache und hinaus in die Kälte muss.

∞

Ganz neue Reaktionen meines Körpers: ein Stechen in der Brust. Die Atemzüge schwer. Ist es die Krankheit? Oder höre ich zum ersten Mal genauer hin, was sich in mir abspielt, ohne diese Sprache zu verstehen? Regungslos sitze ich vor meinem Schicksal und kontrolliere nur, was noch in meiner Macht steht: Worte. Und selbst sie entgleiten mir.

∞

Treffe C. in einem Café. Die Fotos, die ich von ihr kenne, sind völlig überbelichtet und kaschieren wohl ihr richtiges Alter, aber wenn sie nur annähernd der Realität entsprechen, dann... C. wirkt aufgewühlt und bombardiert mich mit Fragen: »Wie viele Beziehungen hattest du schon? Wann war die letzte? Wie lange hat sie gedauert? Warum hat sie geendet? Siehst du dich als Beziehungsmensch? Oder eher so *schau-ma-mal*? Suchst du was Ernsthaftes?« Schlage ich eine Frage weg, wachsen doppelt so viele nach. Seit wann liegt das Kennenlernen im Kopf der Medusa? Ich versuche möglichst unbekümmert zu antworten und versehe meine Worte mit einem ironischen Unterton. C. lacht nicht. Ich fühle mich wie bei einem Bewerbungsgespräch, und als meine Zeit um ist, beginnt sie mit der detailgenauen Auflistung ihrer Zukunftspläne. Sie sei jetzt in ihrem Beruf als Versicherungsmaklerin »angekommen« und suche die »Vervollständigung ihres Glückes«. Als ich leicht zu schmunzeln beginne, weil ich glaube, dass es eine scherzhafte Formulierung gewesen sei, blickt C. mich mit steinernem Gesicht an. Ankommen, was heißt das?, denke ich beim Bezahlen. »Ich habe jetzt noch einen Abendworkshop und die nächsten Wochen gut zu tun«, sagt C. zum Abschied. Wir verlassen das Café. Ich müsste zwar auch ihren Weg einschlagen, aber ich gehe in die entgegengesetzte Richtung. Irgendwie war C. als bloße Illusion interessanter.

∞

6 Uhr 30. »Es ist die Hölle, wenn der Nebel friert«, sagt Papa, als wir unser Werkzeug aus der Totengräberkammer holen. Irgendwie poetisch. Doppelgrab. Auf der rechten Seite ausheben. »Er hat sich vor den Zug geworfen«, erzählt eine alte Frau beim Vorbeigehen. Der nach ihr eintreffende Diakon bestätigt es mit anderen Worten: »Er hatte ein Unglück vor dem Zug.« – »Wie alt?«, fragt Papa aus dem Grab. »Ende 70.« Und ich weiß genau, welche Replik jetzt folgen wird: »Das hat sich auch nicht mehr ausgezahlt!« Mein Kopf verkommt zu einem einzigen Friedhofsdialoglexikon. Die Erde trocken. Es schaufelt sich leicht. Der letzte Leichnam ist fast völlig verschwunden. Da sind nur noch der Totenkopf und ein dicker Oberschenkelknochen zu finden. Der Rest: Plastikzeug aus den Siebzigern. Ein schwarzer Anzug. 100% Polyester. Faltenfrei. Weißes Hemd. Schuhe. Strümpfe. Später Buchteln mit Vanillesauce bei Oma.

∞

Zur Hausärztin. Sie schreibt mir eine Überweisung für die Lungenklinik. Es wird ernst. Muss ich jetzt die Rechnung dafür bezahlen, dass ich immer alles in mir vergraben habe? Jede Trauer, jedes Verlassenwerden habe ich in mich hineingefressen und jetzt frisst es mich auf. Mein Körper ist von einem Virus befallen, der mich innerlich aushöhlt, bis ich um jeden Atemzug kämpfen muss. Ich werde schon wieder theatralisch. Aber bei allem, was ich über diese Krankheit lese, ist der Weg zum Übertreibungskünstler nicht weit.

∞

Mit D. in der Stadt. Ihr Anblick kratzt Wunden auf, mit denen ich noch immer nicht umgehen kann. Sie will alles über meine letzten Jahre wissen. Ich bin müde und kaum in der Lage, meinen Gedanken Ausdruck zu verleihen. Was habe ich gemacht in all der Zeit? Allein die Frage macht mich unruhig. Nichts ist passiert. Ich existiere in einer Blase ständiger Wiederholung. Was erzählen? Ich beginne mit meiner Krankheit und der anstehenden Untersuchung in der Lungenklinik, um sofort eine Ausrede dafür zu haben, das Treffen auf ein Minimum zu reduzieren. Es wird geraucht. Ich vertrage es nicht. Seit ich die mögliche Diagnose gelesen habe, meide ich alles, was mir den Atem rauben will. Ich trinke Tee und höre jetzt nur noch diesem Wesen mir gegenüber zu, das mir so fremd geworden ist. Ihre Empathie hatte ich damals mit Zuneigung verwechselt, und als ich sie küssen wollte... D. empfiehlt mir ihren Therapeuten, weil es meist psychologische Gründe seien, warum uns etwas krank macht. Sie spricht von ihren eigenen Dämonen und dem Weg, den sie eingeschlagen hat, um sie zu besiegen. »Ich arbeite auch gerade daran«, werfe ich ein. Stimmt das? Vielmehr kommt es mir so vor, als würde ich durch das Buch über A. alle Monster in mir zugleich wachrufen, um sie in einem finalen Gefecht gegeneinander antreten zu lassen. Kann ich auf so einem Schlachtfeld überleben? Und wer gewinnt diesen Kampf? Die romantische Seele? Der Todestrieb? Die künstlerische Hybris? Der Egomane im Schafpelz? Der Weltschmerzhypochonder? Oder der Depressionsclown, der tagtäglich seine Rolle als Totengräber spielt? Als D. über Rituale des Loslassens zu sprechen beginnt und wissen will, ob ich A. noch immer nachtrauere, nutze ich die erstmögliche Gelegenheit, um aufzubrechen.

∞

Aufwachen. Zum Friedhof. Einen halben Meter tief graben, bis Papa und ich auf drei dicke Sandsteine stoßen. Unter der größten Kraftanstrengung stellen wir sie auf. Fast wäre mir einer aus der Hand gerutscht und in die Gruft gefallen. Für die bereits darin befindlichen Särge hätte es dann geheißen: quitsch, quatsch... Traubenmatsch. Danach Mittagessen. Fleischlaberl mit Erdäpfelsalat. Ich lege mich etwas hin, schlafe ein und schrecke nur wenige Minuten vor der Abfahrt zum Begräbnis auf. Für kurze Zeit weiß ich weder wo ich bin noch wer ich bin. Aufbahrungshalle. Totenbilder verteilen. Trauerzug hoch zur Kirche. Ich keuche nach wenigen Schritten. Meine Kondition ist erbärmlich. Umziehen. Als die Hinterbliebenen weg sind, springe ich in die Gruft und schiebe den Sarg auf die Seite, um Platz für den Nächsten zu schaffen. Ins Wirtshaus. Bier. Und die immer gleichen Leichengeschichten.

∞

Da ist diese Frau hinter einer Theaterbühne. Ich bin Statist und sie spricht mich an. Sie ist jung, bleich im Gesicht und hat fast weißes Haar. Alles an ihr scheint noch kindlich zu sein und doch ist in ihren Augen eine unheimliche Reife zu erahnen. Meine Begierde ist groß und ich weiß, eine Berührung und ich explodiere. Zu lange hat es sich aufgestaut. Zu groß ist dieses Verlangen nach ihr. Ist sie wieder nur eine Fantasie? Um uns bricht das Chaos aus. Apokalyptische Feuer... und da öffnet die Frau ihr weißes Seidenkleid. Sie beugt sich über mich und ich bettle meinen Körper an, jetzt ja durchzuhalten, jeden Moment zu genießen, für den ich die Welt geopfert habe. Als ich aufhöre, mich mit meinen eigenen Gedanken zu beschäftigen, merke ich erst, wie wild und unkoordiniert ihre Küsse sind. Ihr Mund scheint mein Gesicht fressen zu wollen. Ihre Zunge erkundet die Untiefen meines Rachens. Ich bin erschrocken und verliere jedes Verlangen nach ihr. »No one fucks as hard as a writer«, flüstert sie in mein Ohr. Ich lache. Zitiert sie da jemanden oder sind das wirklich ihre Worte? Ich muss mir das alles merken, denke ich, und als ich komme, geht die Welt unter.

∞

Die üblichen Routinen am Morgen. Danach ein Loch für eine Urne ausheben – und gleich wieder zuschütten. Die Angehörigen wollen, dass alles still, leise und anonym bleibt. Später weiter die Notizhefte abschreiben. Langsam kommt mir das Buch über A. wie eine einzige Sehnsuchtsnotbremse vor.

∞

Krankenhaus Hietzing. Vorbei an Baumskeletten im Morgendunst. Ich kenne diesen Ort gut, aber habe es bisher nur bis zur Pathologie geschafft. Auf dem Weg zur Lungenklinik im Pavillon VIII verlaufe ich mich mehrmals. Bei der Anmeldung gebe ich die Bilder meiner Lunge ab und werde von einer Krankenschwester in den nächsten Raum gebeten. Blutabnahme. Fragestunde. »Alter? Größe? Rauchen Sie?« Mit meinen Papieren hoch in den dritten Stock. Ich soll auf dem Gang Platz nehmen. Nach kurzer Zeit kommt eine Pflegerin und schmiert mein linkes Ohrläppchen mit einer Creme ein. »Nicht hingreifen. Es brennt gleich.« Warten. Die Lifttür geht auf. Ein alter Mann im Rollstuhl wird neben mir abgestellt. In seiner Nase steckt ein durchsichtiger Schlauch, der an einem Sauerstoffbehälter befestigt ist. Seine Füße und Hände – nur Haut und Knochen. Er soll einige Schritte gehen, sagt die Schwester zu ihm, und als er versucht aufzustehen, denke ich, dass er jeden Moment in sich zusammenfallen wird. Ich kann kaum hinschauen. Vor mir ein Skelett, das nur noch Fragmente eines Menschen trägt. Was hält ihn noch am Leben? Mein Name kratzt durch die alten Lautsprecher. Ich erahne ihn erst beim zweiten Mal. Im Anmeldezimmer wird mein Ohrläppchen abgewischt, ein kleines Loch gestochen und mit einem Röhrchen nimmt die Pflegerin etwas Blut ab, das sie durch eine Maschine laufen lässt. Als der Zettel mit den Werten ausgespuckt wird, werde ich zwei Zimmer weiter geführt. Lungenfunktionstest. In der Mitte des Raumes steht ein gläserner Kasten. Ich setze mich hinein. Die Schwester bringt ein Plastikmundstück auf der Öffnung vor mir an und ich bekomme eine Art Wäscheklammer auf meine Nase geklemmt. Glastür zu. Die folgenden Anweisungen klingen nach Zugdurchsagen: »Richten Sie sich so ein, dass Sie gerade sitzen und umschließen Sie das Mundstück komplett mit Ihren Lippen... atmen Sie ganz normal... gut so... gleich kommt ein Widerstand... atmen Sie einfach weiter... sehr gut... und gleich nochmal... wunderbar... und jetzt holen Sie ganz schnell und ganz tief Luft und blasen alles raus, was in Ihrer Lunge ist... blasen, blasen, blasen... kommen Sie, da geht noch was... blasen!... sehr gut... und normal weiteratmen.« Mir wird schwarz vor Augen. Zurück im Erdgeschoss soll ich warten, bis der Doktor so weit ist. Eine Stunde lang versuche ich irgendetwas in mein Notizheft zu kritzeln, aber es ist mir unmöglich, diese Welt um mich jetzt auszublenden. Überall Menschen, die von ihren Leiden gezeichnet sind. Ihre Augen sind leer – ausdruckslos. Was mache ich hier? Ich habe weder Symptome einer Krankheit noch irgendwelche Beeinträchtigungen – nur Bilder, die anderes sagen. Die Tür vor mir geht auf und ein junger Arzt bittet mich herein. Er sieht sich die Computertomografie meiner Lunge an und begutachtet danach die heutigen Werte. »Also bei den Aufnahmen sind die Schatten sehr deutlich zu erkennen. Auch die Entzündungswerte in ihrem Blut und ihre beeinträchtigte Lungenfunktion sind klare Anzeichen für eine mögliche Sarkoidose. Um sicher zu gehen und Weiteres ausschließen zu können, sollten wir aber schnellstmöglich eine Bronchoskopie durchführen«, sagt der Doktor in einem Ton, als würde er ein Lehrbuch referieren. Die Bronchoskopie sei ein harmloser Eingriff mit einer leichten Narkose, fügt er noch hinzu, wobei über den Rachen etwas Gewebe entnommen wird. »Noch Fragen?« Ich versuche, in meinem Kopf irgendwelche Sätze zu formulieren, aber da ist nichts. »Na wunderbar! Machen Sie sich einfach bei unseren entzückenden Damen einen Termin aus und dann hätten wir's auch schon.« Ich nicke und bleibe für einen kurzen Moment sitzen.

∞

»Das war ein Sandler«, sagt Papa aus dem Grab. Ich schrecke auf. Oft weiß ich nicht, ob er das, was er sagt, wirklich so meint, oder ob es eine andere Bedeutung für ihn hat. »Warum war das ein *Sandler*?«, frage ich ihn. »Das haben's immer schon gesagt«, ist zunächst seine einzige Antwort, bis er einige Stiche später weiter ausführt: »Er ist halt ständig so herumgelaufen, obwohl er ja einen Haufen Geld gehabt hätte. Geizig bis auf die Knochen. Als ich seine Frau eingegraben habe, wollte er, dass ich bei der Hälfte aufhöre, weil er gedacht hat, es wäre dann billiger.« Nach und nach kommen wir Papas Jahrgangskollegen näher. Er vergisst oft, dass ich die Geschichten von damals nicht kenne.

∞

Verliebt in E. Wahrscheinlich das falsche Wort. Aber andere Vokabeln für die Liebe habe ich nicht... Wir treffen uns unter der Eule der Technischen Universität. Ich bin nervös, aufgewühlt. Nichts weiß ich über E., aber da sind genug Bilder von ihr, um meine Fantasie in alle Richtungen zu befeuern. Was ist schlimmer? Gar nichts zu wissen oder in jede Kleinigkeit etwas hineininterpretieren zu können? Oberflächliche Gespräche bei Punsch. Ich rede über mein Schreiben. Den Totengräber lasse ich aus Erfahrung weg. Sie spricht von ersten Modelaufträgen, einem Urlaub auf den Seychellen, ihrer Wohnungssuche... Tritt eine kurze Pause ein, dann versucht sie, die Leere zu füllen, als könnte sie keinen Moment der Stille ertragen. Ist eine Anziehung da oder existiert das alles nur in meinem Kopf? Während sie eine Geschichte aus ihrer Kindheit erzählt, starre ich in ihr Sommersprossengesicht. Kann ich aus diesen Punkten meine eigenen Sterne deuten? E. muss früh weg und ich begleite sie zur Straßenbahn... Ich schreibe über sie. Das ist nie ein gutes Zeichen. Wenn ich schreibe, inszeniere ich etwas, das nicht da ist. Vielleicht ist *verliebt* doch das falsche Wort.

∞

Weiter am Buch über A. arbeiten. Danach zum Friedhof. Vor der Messe fragt der Pfarrer den Bestatter: »War der Mann krank?« – »Nein. Alt!«, antwortet er.

∞

Ich möchte bei E. sein – jetzt! Wer ist sie? Manchmal kommt es mir so vor, als wäre mir die Antwort darauf bereits völlig egal geworden. Ob sie B., C. oder D. heißen:

Ich erschaffe mir Gespenster, denen ich dieselbe Maske aufsetze.

∞

E. antwortet auf keine meiner Nachrichten. Ich lösche ihre Nummer, bevor sie es tut.

∞

Fußballmatch. Der Torwart schießt mich an und es wird als mein Treffer gezählt. Später mit den Mitspielern in die Stadt. Ein einziges Delirium. Ich betäube mich, um irgendwie dazuzugehören, und verliere jegliche Grenzen. Exzess bis weit nach der Sperrstunde. Als alle gehen, ziehe ich mit zwei Kellnerinnen weiter. Ich habe wohl versucht, eine von ihnen zu küssen. Das Einzige, woran ich mich erinnere, sind Ablehnung und Zurückweisung.

∞

Mit Restrausch im Blut als Sargträger aushelfen. In der Totengräberkammer bekomme ich einen Spritzer angeboten und bin sofort wieder auf der Welle. Der Weg von der Kirche zum Friedhof im strömenden Regen. Kurz bevor wir die Bahngleise erreichen, schließt sich der Schranken. Die Blaskapelle stoppt. Stille. Drei Minuten keine Bewegung und wir sind alle völlig durchnässt. Der Wind peitscht uns die Regentropfen ins Gesicht. Ein Güterzug rast vorbei. Der Sturm weht einigen Trompetern die Hüte vom Kopf. Wir ziehen weiter. Die Musik klingt dumpf. Zurück zu Hause bereite ich alles für das Finanzamt vor, um meine erste Steuererklärung als Totengräber abzugeben. Das Einzige auf der Ausgabenseite: mein körperlicher Verschleiß. Die Schaufeln und alle anderen Gerätschaften gehören der Gemeinde.

∞

Wovon habe ich geträumt? Ich komme nicht darauf. War es eine Frau? Wahrscheinlich. Eine Fremde? Unwahrscheinlich. Immer sind es ungelebte Sehnsüchte, mit denen ich mich herumschlage, und ich folge ihnen blind.

∞

Irgendwie hat sich der feste Glaube entwickelt, dass ich, wenn ich das Buch über A. endlich fertiggeschrieben habe, zum ersten Mal frei aufatmen kann und es mir alle Last von den Schultern nimmt. So viele Beziehungen und Freundschaften habe ich dafür aufgegeben, mich völlig zurückgezogen. Und jetzt? Ich vermisse die Wärme einer anderen Person.

∞

Bringe das für heute vorgesehene Kapitel zu keinem passenden Ende, weil ich zum Friedhof muss. Werde ich vom Schreiben abberufen, fühlt es sich an, als würde die Welt zusammenbrechen, aber sitze ich vor den Seiten, erstarre ich im Nichts. Das Material ist da. Es liegt vor und in mir, nur finde ich die richtige Sprache nicht. Ich bin zu keinem Außen fähig. Wie schreiben, wenn die Worte mein Leben sind und ich im Inneren der Geschichte gefangen bin?

∞

Verabschiedung eines Mannes, der in seinem beruflichen Leben mit einem Linienbus gefahren ist. Gestammelte Vorträge von Betriebskollegen und Vorsitzenden, die ständig das Wort *zufriedenstellend* in den Mund nehmen. »Die ersten Aufgaben, die er bekam, löste er zufriedenstellend.« Sind Trauerfeiern der richtige Ort für die Bewertung eines Lebenslaufs? Als würde man keinen Menschen, sondern Anstecknadeln begraben. Je höher der Dienstgrad, desto ausführlicher die Selbstbeweihräucherung. Eiseskälte. Wind. Ich warte vor der Aufbahrungshalle und verkühle mich wegen überfetteter Betriebsaffen.

∞

Sonntag. Die Sonne scheint. In mir die Finsternis.

∞

Wo beginnt das Ende?

∞

In einem unbekannten Land. Ein Dschungel vielleicht. Die alten Gartenhäuser sind von den Natureinflüssen gezeichnet. Ich schreibe. Das ist alles, was ich möchte. Den größten Raum beanspruche ich für meine Arbeit, während draußen langsam das Chaos ausbricht. F. ist da. Inmitten einer Kommune. Wir sind wieder zusammen, aber es ist kompliziert. Bei jeder etwas ruppigeren Aussage droht sie zu gehen und nie wieder zurückzukommen. Ich entschuldige mich, bettle sie an und will einfach nur Frieden finden, um schreiben zu können. F. bastelt an ihren eigenen Sachen: Skulpturen oder Ähnliches. Anscheinend hat sie wieder eine neue Leidenschaft entdeckt, die sie für ein paar Wochen mit vollem Herzen betreibt und danach einfach fallen lässt. Genau wie mich. Ich küsse sie, aber da ist keine Zuneigung. Nicht einmal Sympathie. Die Landschaft verwandelt sich vor meinen Augen immer mehr in einen monströsen Märchenwald. Mit einer Machete schlage ich mich durch das Dickicht und sehe A. unter einem Baum sitzen.

∞

6 Uhr. Tagwache. Graben. Danach zurück zum Schreibtisch. Die Zweifel wachsen ins Unendliche. Ständig verliere ich den Faden. Ich bin gefangen im Labyrinth meiner Erinnerungen ohne Faden der Ariadne.

∞

Lungenklinik. Vorbereitung auf die anstehende Bronchoskopie. Tagesstation. Vier Betten: zwei links und zwei rechts. In der Mitte ein Tisch. Neben mir alte Menschen, an deren Bewegungen man erkennt, dass dieser Ort Teil ihrer Routinen geworden ist. Ich setze mich zu ihnen. Der Mann rechts von mir hat gerade mit seiner Chemotherapie begonnen. Bei der ersten Dosis hat er sich dreimal übergeben. Die Frau links von mir spricht über den bisherigen Verlauf ihrer Krankheit: Hoffnungen, Niederlagen und Erfolge. Ich höre kaum zu und erinnere mich, dass ich für die letzte Urne keine Rechnung gestellt habe. Eine Krankenschwester legt uns den Zugang für die Infusion. Blutdruck messen. Ich bekomme ein Bett zugewiesen. Hinein in dieses bleiche Blumenhemd, an dessen Farbe und Geruch man sofort erkennt, dass man ernsthaft krank ist. Mir wird eine rosa Pille zur Beruhigung gegeben, aber ich bin nicht aufgeregt. Alles lasse ich über mich ergehen, als wäre ich bloß ein außenstehender Beobachter. Ein Assistent führt mich in den Operationssaal. Mein Rachen wird mit einem Spray betäubt und irgendetwas in meine Nase gesteckt. Kurz bevor der Anästhesist die Spritze ansetzt, streicht er mir ständig über den Arm. Auf die simple Frage hin, was ich beruflich machen würde, falle ich in mein übliches Unterhaltungsmuster. Mit trockenen Pointen erzähle ich von der Arbeit auf dem Friedhof und schlafe ein, als ich von meinem Buch erzähle: »Die Leiden des jungen...«

∞

Ich weiß nicht, ob da Träume sind, ob ich überhaupt etwas fühle. Ich bin in der Finsternis gefangen und doch glaube ich, dass irgendwo anders ein Leben stattfindet. Nur habe ich keinen Zugriff darauf. Als ich die Augen öffne, sehe ich alles verschwommen. Ich erinnere mich zwar, wo ich bin, aber nicht, was ich erlebt habe. Da ist nur dieses wohlige Gefühl und eine Wärme, die ich so lange nicht gespürt habe: Die Hand von A. liegt auf meiner! Es dauert einige Zeit, bis ich klar im Kopf werde und weiß, dass ich alleine bin. Die Betäubung lässt nach. Mein Hals ist wund vom Eingriff. Das Schlucken schmerzt. Kurz vor Einbruch der Dunkelheit werde ich mit einem Termin für die Befundbesprechung entlassen.

∞

Statt mit dem Buch über A. – diesem furchtbaren Liebesschinken – voranzukommen, um die Geschichte endlich von mir wegzuschreiben, werden diese Aufzeichnungen mehr und mehr zu einem Krankheitsbericht. Exposé: Totengräber sucht Liebe und wird mit seiner eigenen Sterblichkeit konfrontiert. Zu makaber für Hollywood – Österreich sollte sich ausgehen.

∞

Nichts geschrieben. Warten auf die Hinterbliebenen. Aufs Rad. Von Briefkasten zu Briefkasten, um die Parten im Dorf zu verteilen. Danach mit dem Hund in den Wald. Ich höre Musik und sehe die Schönheit des Herbstes. All diese Farben – ja! –, aber sie dringen nicht in mein Herz.

∞

Heute Tilt im Kopf. Die völlige Zerstörung am Abend davor. Ich war auf einer Feier. Mehr weiß ich nicht mehr. Mittags erwache ich in der Wohnung eines fremden Mannes. Keine Ahnung, wie ich hierhergekommen bin. In seinem Auto bringt er mich nach Hause. Beklommenes Schweigen. Fühlt sich so der Morgen danach auf der anderen Seite an?

∞

Noch immer betrunken. Ich weiß nicht, wann und wie sich die Nüchternheit wieder einstellen wird. Gleichzeitig ist da dieses Verlangen, den Zustand der Betäubung aufrechtzuhalten, um irgendwie von dieser Scham abzulenken.

∞

Sonnenschein, als wir zum Friedhof fahren. Hinter dem Hügel: dichter Nebel. Dreifachgrab. Trockener Boden. Hart. Noch niemand liegt in dieser Erde.

∞

Der Bestatter erzählt, dass eine Frau in sein Büro kam, die ihren Mann verloren hat. »Wie kann man den am schnellsten entsorgen?«, war ihre einzige Frage. »Nichts ist kälter als eine tote Liebe«, hat Romy Schneider in ihrem Tagebuch notiert.

∞

Ständig flackern Bilder von dieser einen Nacht in meinem Kopf herum und die Puzzleteile lassen sich durch Berichte von Freunden langsam zusammenfügen. Was ist geschehen? Ich habe getrunken. So viel weiß ich. Danach bin ich anscheinend einer Frau nachgelaufen, die sich ab einem gewissen Zeitpunkt bedrängt gefühlt hat. Ich ließ auf der Tanzfläche die Hosen fallen und schlief ein, weil ich gedacht habe, zu Hause zu sein.

∞

Ich kenne G. nur flüchtig. Eine Freundin von ihr hat auf der Feier zu mir gesagt, dass sie mich mag, aber sich nicht trauen würde, mich anzusprechen. Ich bin angestachelt. Als ich genug Schnaps und Mut getankt habe, gehe ich zu ihr. Ich rede mich in einen Rausch. Spreche hauptsächlich über das Schreiben und das Buch über A., das alles sagen soll. Als G. mich nicht mehr beachtet, folge ich ihr überallhin. Die Welt um mich beginnt zu verschwimmen. Nichts bekomme ich mehr mit und denke mit geschlossenen Augen nur noch an die Worte ihrer Freundin: »Sie mag dich!« Und schon träume ich, G. zu gehören. Mit ihr.... tanzen. Nebel. Filmriss.

∞

Obwohl ich noch immer nicht ganz genau weiß, was ich getan habe, schreibe ich G. einen pathetischen Entschuldigungsbrief. »Wir waren alle betrunken, mach dir keinen Kopf«, erwidert sie fünf Minuten später. Ich bin erleichtert, aber das ist keine Rechtfertigung für meine Taten. All das Vergrabene kommt aus dem Unbewussten hoch. Zu was für einem Sehnsuchtsmonster werde ich? »Jedenfalls war es schön, dich einmal kennenzulernen«, schreibt G. noch zum Abschluss. Ich antworte nicht mehr.

∞

Heute einen kaum 60-jährigen Mann begraben. Vergangenen Sonntag ging er zur Ruhestätte seiner Frau, die erst wenige Monate zuvor gestorben war. Er zog eine Pistole und schoss sich in den Kopf. Der Körper landete auf der Grabplatte. Mit acht Jahren war der gemeinsame Sohn von einem Zug erfasst worden. Wohl einer der tragischsten Nachrufe, die ich je gehört habe. Der Bestatter musste Teile des Hirns von vier verschiedenen Gräbern wischen. *Somewhere over the rainbow. Amazing Grace.* Wir lassen den Sarg hinab. Die Zeremonie dauert so lange, dass Papa und ich das Loch erst in der Finsternis zuschütten können. Jeder Handgriff sitzt! Ich bekomme kaum Luft, aber es bleibt mir keine andere Wahl, als immer weiterzumachen. Danach: Frankfurter und Bier.

∞

Türschwellenschauer. Dieses Wort kam mir im Traum. Ich war begeistert davon, weil es so treffend für dieses Gefühl ist, das ich seit einiger Zeit mit mir herumschleppe. Ich bin schon lange draußen, aber schaue noch kurz rein ins Leben, ohne die Schwelle zurück noch einmal übertreten zu können.

∞

Heute Diagnose. Seit drei Uhr liege ich wach. Ich kann nicht mehr einschlafen und wälze mich hin und her. Irgendwann gegen fünf ist es genug. Worte vibrieren im Kopf. Alles, was ich bis jetzt über A. geschrieben habe, ist falsch. Ich muss wieder von vorne beginnen.

∞

A. ist der Grund, warum ich überhaupt erst zu schreiben begonnen habe. Sie ist meine Sprache, also muss ich sie mir ausschreiben, um irgendwann meine eigene zu finden. Bis dahin bin ich Gefangener der Sehnsucht zu ihr. Nein! Wahrscheinlich ist es ganz banal: Das Buch ist der allerletzte Anker, um A. nicht ganz zu verlieren.

∞

Um 9 Uhr Richtung Lungenklinik. Zug. Straßenbahn bis zur letzten Station vor dem Tiergarten. Ich kann nichts lesen, keine Musik hören und blicke aus dem Fenster: Landschaften. Häusermeere. Nichts.

∞

Befundbesprechung. Ich werde in einen sterilen, weißen Raum gesetzt und warte. Scheinbar hält sich niemand für längere Zeit hier auf. Es ist eine desinfizierte Durchlaufstation für schlechte Nachrichten. Ein junger Arzt tritt ein. Er begrüßt mich und schlägt meine Akte auf, als würde er das zum ersten Mal machen. Es ist nicht derselbe Doktor wie beim letzten Mal, denke ich, aber ich kann sie in ihren weißen Kitteln nicht unterscheiden und schaffe es auch nicht, ihm in die Augen zu sehen. »Also Sarkoidose an sich lässt sich ja nicht diagnostizieren«, sagt der Doktor hektisch. »Wir gehen da eher im Ausschlussverfahren ran. Wenn es alles andere nicht ist, dann das!« Sein nachfolgender Behandlungsvorschlag klingt so, als wäre er direkt einer Bibel des Österreichischen entnommen: Nichts tun und hoffen, dass alles besser wird. Die Spontanheilungsrate sei in dieser Phase sehr hoch. Sechs Monate warten und dann Verlaufskontrolle bei einem Lungenarzt meiner Wahl. Mehr nicht! Ich bin erleichtert und verärgert zugleich. Wozu all das Tamtam, wenn die Krankheit von alleine verschwindet? Ich wurde in einem Umfeld groß, in dem es die Ärzte sind, die einen krank machen, und finde jetzt Bestätigung dafür. Hätte ich nichts unternommen, wäre ich auf dasselbe Ergebnis gekommen – ohne die Last des Wissens und die schlafraubenden Gedankenspiele. Bier in einer Bar. Schnaps.

∞

Auf dem Weg nach Hause steigt A. in den Zug. Die untergehende Sonne lässt die Schatten zwischen ihren Augen und Lippen tanzen. Sie setzt sich mir gegenüber. Lächelt. Als A. sich nach vorne beugt und in mein Ohr flüstert, wache ich auf. Ich weiß jetzt, wie unsere Geschichte enden muss.

ZWEITES HEFT

Heute H. geküsst – mit Worten. Die Vorstellungskraft spielt verrückt. Aus meinen tiefsten Sehnsüchten bastle ich ein Zauberwesen, das der Realität nie entsprechen kann. Und doch weiß ich diesmal: Ich bin nicht weit davon entfernt! Nach Mitternacht schreibt H., dass wir unsere Erwartungen für ein Treffen reduzieren sollten, also schicke ich ihr hässliche Fotos von mir. In einer Aufnahme von unten simuliere ich ein ausgeprägtes Doppelkinn. Warten. Es zerreißt mich fast. Und da bekomme ich ein Bild von H. im Schattenriss. Ich starre auf ihre Lippen. »Jetzt wäre wohl der Punkt erreicht, wo wir uns küssen würden«, schreibt sie, als könnte sie meine Gedanken lesen. Vielleicht reicht es manchmal, wieder neugierig auf jemand anderen zu sein, um jedes Detail des Lebens entdecken zu wollen.

∞

Am Vormittag die ersten Seiten des Manuskripts überarbeitet – all die verlorene Zeit, bevor A. in den Zug stieg und mir die Augen für die Welt öffnete. Holprig. Aber egal! Nur das Gefühl zählt und der Drang, ihm irgendwie Ausdruck zu verleihen. Danach Begräbnis. Während die Zeremonie läuft, lese ich H.s Nachrichten wieder und wieder. Nichts anderes wünsche ich mir, als bei ihr zu sein – in diesem Moment! Schweinsbraten mit Serviettenknödel zum Leichenschmaus. Der Wirt erzählt, dass er mit über 60 Jahren zum ersten Mal heiraten wird. »Das tust du dir jetzt noch an«, sagt der Bestatter halb im Scherz. Der Wirt nickt bloß und bringt eine Runde Schnaps.

∞

Bis Mittag halte ich durch, H. nicht zu schreiben. Ich versuche es mit einer langweiligen Tatsache über mich – dem Fußballspielen –, aber es führt zu einem Dialog über unsere sportlichen Leidenschaften. Die Intensität des Gesprächs wächst und wächst. Meine Hände zittern beim Tippen. »Es ist Folter, uns nicht zu küssen«, schreiben wir beide. Ich will sofort alles liegen und stehen lassen, um zu ihr zu fahren. Aber da sind noch Zweifel von ihrer Seite, das für Donnerstag vorgesehene Treffen auf heute zu verschieben. Ist in diesem Moment nicht alles perfekt? Vollkommen? Ich halte es nicht mehr aus. Obwohl starker Regen einsetzt, gehe ich laufen. Der Hund bleibt lieber liegen. Ich renne den Berg hinauf. Bei den letzten Metern bekomme ich kaum Luft. Ist das die Krankheit? Oder einfach meine erbärmliche Physis? Auf dem Gipfel bleibe ich stehen. Ich schließe die Augen, spüre die kalten Regentropfen auf meinem Gesicht und atme tief durch. Als ich zurück bin, hat H. in zehn Nachrichten fünfmal ihre Meinung geändert und sich am Ende doch dafür entschieden, mich heute noch sehen zu wollen. Ich bade und fahre zum Bahnhof. Der Zug verspätet sich. Die Zeit dehnt sich ins Unendliche. Ich zapple. Ungeduldig. Auf dem Weg zur U-Bahn kaufe ich eine Flasche Chardonnay. Zwanzig Minuten später stehe ich vor einem Jahrhundertwendehaus. Mit H.s Stimme im Ohr trete ich durch den alten Eingang. Ihr Dialekt ist betörend. Meine Knie weich. Den ersten Stock hoch. Sechs Fotos habe ich bisher von ihr gesehen. Mehr nicht! Nur ihre Worte kenne ich. Und jetzt ihre Stimme. Die Tür geht auf... *oh... oh!... oh!!...* Zum Selbstschutz habe ich die schrecklichsten Szenarien durchgedacht und mich auf jede Enttäuschung vorbereitet. Mit allem habe ich gerechnet, aber nicht damit, so einer Schönheit gegenüberzustehen. Ich versuche, möglichst gelassen und abgeklärt zu wirken, meine Stimme bricht jedoch inmitten eines jeden Satzes. Ständig blicke ich zu Boden. Um irgendetwas mit den Händen anzufangen, schenke ich uns Wein ein. H. führt mich zur Couch. Niemand sagt ein Wort, bis sie sich nach vorne beugt und mich küsst. Ich weiß, dass ich in dieser Nacht nicht gehen werde. Vielleicht für...

∞

Am Morgen liege ich mit H. umschlungen da. Wir reden in dieser gedämpften Stimme der Vertrautheit, in der jede Anspannung abgefallen ist. Aus meiner neugewonnenen Selbstsicherheit heraus und etwas scherzhaft frage ich: »Machst du das öfter?« Verlegen dreht sich H. weg. Nach einigen Minuten des Schweigens steht sie auf und kocht uns Kaffee.

∞

Zurück aufs Land. Der Todestag einer bildenden Künstlerin wird in ihrer Ausstellungshalle gefeiert. Sie war drei Monate vor dem Untergang der Titanic geboren worden und Papa hatte sie 85 Jahre später in einer Gruft voller Wasser beigesetzt. Die Leute im Dorf nannten sie bloß »die Hex«. Ich trinke Spritzer und fühle H. auf meinem ganzen Körper. Lesung eines Lautdichters, der berühmt sein soll. Viele Größen der Kunstszene sind versammelt. Ich bleibe etwas abseits und beobachte die in Schwarz gekleideten Menschen, die so gar nicht hierher passen. In einer größeren Runde sehe ich den

Lektor eines renommierten Verlages stehen. Egal, was da zwischen den Buchdeckeln gedruckt wird, wenn mein Buch über A. dieses Siegel tragen würde, wäre es schon Kunst. Dank dem Spritzer – oder weil ich noch immer ganz berauscht bin von H. – wische ich meine sonstigen Bedenken beiseite und gehe auf den gesetzten Herren in schlecht sitzendem Anzug zu. Als er ein Glas Wein an der Bar holt, stelle ich mich vor ihn hin. Mit leiser Stimme sage ich, wer ich bin, was ich mache und frage ganz naiv, ob ich ihm ein Manuskript schicken dürfte? Der Lektor mustert mich von oben bis unten, sieht mir lange in die Augen und sagt dann mit einem Lächeln: »Der Sohn vom Totengräber... hm... das könnte interessant sein. Schicken Sie mal was durch, aber versprechen...« Kann das Leben so einfach sein?

Vier Katzenbabys im Keller geboren. Drei mit schwarz-weißem Fell und ein roter Kater. Ich sitze bei der Mutter und versuche, ihr gut zuzureden. Erst bildet sich eine Art Blase. Die Katze röchelt, aber schreit nicht. Ihr Bauch verkrampft sich und wird durchzogen von gleichmäßigen Wellen. Irgendwie erinnert mich das an eine Schlange, die gerade eine Maus als Ganzes verschluckt – nur andersherum. Sobald diese Wollknäuel da sind, beginnt die Mutter, sie wild abzuschlecken, und dreht sich so lange im Kreis, bis die Nabelschnur reißt. Die folgende Nachgeburt frisst sie in einem Zug auf. Mein Magen rebelliert bei dem Anblick. Es ist ein seltsamer Prozess, dieses *Ins-Leben-Treten*. Ich schreibe H. von dem Erlebnis und lasse sie eine der Katzen taufen. Sie wählt einen Namen, der mit A. beginnt.

∞

Mitternacht. Ich versuche zu schreiben, aber alles, was ich will, ist die Augen zu schließen, um wieder bei H. zu sein. Ist da nichts anderes in meiner Wahrnehmung, dann ist es so, als würde ich sie bei mir fühlen. Ich will ihr das schreiben, aber zögere. H. muss nicht gleich mit dem ganzen Ausmaß meines Kitschwahns konfrontiert werden, also schicke ich ihr bloß eine Zeile aus einem Gedicht:

Ríete de este torpe muchacho
que te quiere.

Lache über den Jüngling,
den Tollpatsch, der dich liebt.

Dein Lachen von Pablo Neruda aus *Die Verse des Kapitäns*. Es war der allererste Gedichtband, den ich je gelesen hatte. Als ich das Buch zur Kassa brachte, sprang mein Herz vor Aufregung fast aus der Brust. Niemand durfte mich dabei sehen. Machte ich hier etwas Verbotenes? Im Zug zur Schule riss ich den Einband herunter und las die Gedichte wieder und wieder. Nichts war mir je so klar gewesen wie das Gefühl, das diese Zeilen in mir auslösten. Waren da erst die Worte und dann A. – oder umgekehrt? Ich weiß es nicht. Ich weiß nur: Von diesem Zeitpunkt an war ich mir sicher, wenn ich so schreiben könnte, hätte A. gar keine andere Wahl, als mich zu lieben. H. antwortet mit einem Regenbogen.

∞

Zum Friedhof. Graben. Die Sonne scheint auf meine Haut. Ich ziehe den Pullover aus. Die Strahlen des Frühlings sind wie H.s Küsse. Marillenknödel zum Mittagessen. Während des Begräbnisses bleibt zu viel Zeit, um nachzudenken. Was habe ich mir mit diesem Versprechen an den Verlag eingebrockt? Das Manuskript ist nicht einmal im Ansatz fertig. Nach den schlimmsten Selbstzweifelsschüben schließe ich meine Augen und atme mehrmals tief durch. Ich muss das jetzt als Chance sehen, endlich einen Abschluss zu finden. Seit A. den Zug verlassen hat, habe ich begonnen, dieses Buch zu schreiben. Wie viele Jahre soll ich noch warten? In meinem Kopf stelle ich einen genauen Plan für die kommenden Wochen auf und setze mir selbst eine Deadline, um die Worte endlich in die Welt zu entlassen. Als der Trauerzug aus der Kirche kommt, platziere ich mich neben den Erdcontainer und bete zum Abschluss meinen Standardspruch herunter: »Im Namen der tieftrauernden Hinterbliebenen danke ich für Ihre Anteilnahme und die zahlreichen Blumenspenden.« Loch zu. Tafelspitz zum Leichenschmaus.

∞

Da war dieser Wunderdienstag mit H., der Wundermittwoch des Erwachens mit ihr und jetzt der Wunderdonnerstag? Heute sollte unser erstes Treffen sein. Das Begehren kam dazwischen. Direkt vom Friedhof in die Stadt. Ich bin bereits auf dem Weg, als H. schreibt, dass sie Kopfweh habe und ob wir das Treffen verschieben könnten. Ist der Zauber schon vorbei? Enttäuscht schicke ich ihr ein Foto von den Blumen, die ich neben dem Friedhof für sie gepflückt habe. Mitleidsversuch. Es wirkt. Wenn ich extra in die Stadt gekommen sei, dann könnten wir uns auf einen Tee treffen, schreibt sie. Kurz vor 20 Uhr stehe ich vor ihrer Tür. Unter anderen Vorzeichen jetzt. Verlegen gebe ich ihr die Wiesenblumen und ein Geschenk, das ich gebastelt habe. Ich stammle irgendwelche Sätze von einer

Antikopfwehbox, damit es nicht so wirkt, als liege mein ganzes Herz darin. Sie öffnet den Deckel. Pralinen und Neruda. H. holt den Tee aus der Küche. Wir setzen uns auf die Couch. Reden und küssen uns: küssen uns und reden. Sie klagt, dass ihre Stehlampe schief sei. Heroisch versuche ich, das Ding zu reparieren, aber zerstöre es noch mehr. H. lacht. Ich nehme sie in meine Arme und befeuchte ihren Hals mit meiner Zunge, sodass ein Atemhauch sie in Ekstase versetzt. Beiläufig hatte ich das im Handbuch *Der perfekte Liebhaber* gelesen, wo ich eigentlich erfahren wollte, wie man länger durchhält. Die Antwort war enttäuschend: trainieren, üben, einfach machen. Leicht gesagt! Auf einem Einrad hat noch nie jemand die Tour de France gewonnen. H. stöhnt. Ich bin skeptisch. Selten hat jemand so intensiv auf meine Berührungen reagiert. Ist das gespielt? Oder habe ich wirklich Zauberhände? »Zwei Dinge sprechen dagegen, dass du heute hierbleibst«, sagt sie gegen Mitternacht. »Erstens brauche ich Schlaf. Zweitens sollte das zwischen uns vielleicht nicht ganz so schnell gehen.« – »Kino?«, antworte ich mit einem Lächeln. Der Abschied ist lang und leidenschaftlich, bis H. mich dann doch in ihr Schlafzimmer führt. »Sind es nur die Hormone?«, fragt H., als sie mir über den Bauch streichelt. »Ich weiß es nicht«, antworte ich ehrlich. Es ist lange her, dass ich mich das letzte Mal so fallen gelassen habe, und es endete nicht gut.

∞

Vormittag. H. muss arbeiten und ich fahre zurück aufs Land. Der Bestatter bringt eine Urne vorbei. Auf dem Deckel der Kartonbox steht die Nummer einer Angehörigen, mit der ich einen Termin für die Beisetzung ausmachen soll. »Guten Tag, ich habe gerade Ihre Urne bekommen«, sage ich am Telefon. Die Frau am anderen Ende versteht mich nicht. Ich versuche es noch einmal: »Der Bestatter hat mir gerade Ihre Urne gebracht und...« — »Bitte, was?« Ich werde unruhig. Falsche Nummer? Mehrmals drehe ich die Box hin und her, aber finde einfach keinen Namen. Erst jetzt bemerke ich, dass ich weder weiß, ob die Asche zu einer Frau, einem Mann oder möglicherweise einem Tier gehört. Ich bluffe: »Wir sollen einen Termin ausmachen für die Beisetzung der Urne von...« — »Ach so, DER!«, bekomme ich zur Antwort. »Probieren Sie's bei der Lebensgefährtin. Das geht mich nichts mehr an. Viel Glück mit der Komischen.« Die Frau lacht und legt auf.

∞

Schreiben bis 13 Uhr. Kilometerweit von Literatur entfernt. Danach spaziere ich mit dem Hund im Wald und pflücke Bärlauch. Mache Pesto. Koche Spaghetti. Schmecke nur den Parmesan. Weiterarbeiten bis Mitternacht. Woher kommt der seltsame Drang, die Geschichte mit A. genau so aufzuschreiben, wie es war?

∞

Mit einem komischen Gefühl ins Bett. Die Angst, etwas zu verlieren, das gerade erst im Entstehen ist. Eine bedenkliche Nachricht von H. hat gereicht, um diese Raserei auszulösen. Wenn ich drohe, mich in pathetischen Phrasen zu verlieren, schiebt sie sofort den Riegel vor. Welch Naivling steckt da in mir, der glaubt, nur weil sich ihm jemand hingibt, muss es sofort Liebe sein? H. hat wohl recht. Wie sollen wir unseren Körpern vertrauen, wenn sie bei den letzten Treffen nur der Leidenschaft gefolgt sind? Ich bin verunsichert und weiß nicht mehr, was ich ihr schreiben darf. Ist es ein rein animalisches Kennenlernen mit Ablaufdatum? Oder doch mehr? Egal! H. ist ein Rausch, von dem ich nicht nüchtern werden will.

∞

Graben. Die Grundfestung ist zu eng. Wir müssen mit dem Stemmgerät ran. Kein Handgriff entspricht der Gewohnheit. Alles dauert länger als üblich und ich werde ungeduldig. Ich will H. schreiben. Sofort! Um die Dinge zwischen uns zu klären. Aber ich muss warten, bis wir die richtige Tiefe erreicht haben. Zu Mittag esse ich die übriggebliebenen Spaghetti und falle in einen tiefen Schlaf. Funkstille. Meine Träume gleichen einem wirren Farbenspiel an Gefühlen. Begräbnis. Die Luft ist schwül. Viele Leute. Als die Zeremonie beginnt, versuche ich endlich, die richtige Kontaktperson für die Urne zu finden. Der Bestatter hat mir die Nummer einer anderen Frau notiert. »Ich lebe ja schon lange nicht mehr mit dem zusammen«, sagt die Stimme am Telefon. »Am besten versuchen Sie es bei der Tante. Er wollte bestimmt dort ins Familiengrab. Schönen Tag noch.« Zurück zum Anfang. Sarg versenken. Loch zu. Erdcontainer abbauen. Blumen drauf. Fertig. Im Wirtshaus wird von einer Altherrenrunde das Leibgetränk des Verstorbenen bestellt und wir müssen mittrinken: ein Glas Sekt und Kräuterschnaps. Alle stehen auf. Die linke Hand wird auf den Rücken gelegt und mit der rechten heben wir das erste Glas. Jemand ruft: »Damit der Sekt nicht so staubt, braucht es eine Spülung!« Wir stoßen auf den Verstorbenen an und exen beide Gläser in einem Zug.

∞

H. hat endlich geantwortet und ich bin auf dem Weg zu ihr. Das befürchtete Missverständnis ist keines und sie freut sich auf das Wiedersehen. Ich koche den mitgebrachten Spargel und richte alles mit viel Olivenöl an. Frisches Baguette und Welschriesling dazu. H. wirkt müde und will früh ins Bett. In meinem Kopf sind nur Friedhofsgeschichten, also schweige ich. Ständig das Gefühl, dass H. mir jederzeit entgleitet und ich sie nicht halten kann.

∞

Noch finster draußen. Ich fühle die Nähe eines anderen Menschen wieder, nachdem ich mich so lange zurückgezogen habe. H. packt ihre Sachen. Für einige Zeit fährt sie zu ihrer Familie und ich bringe sie gleich zum Zug. Am liebsten würde ich sie anbetteln, hier bei mir im Bett zu bleiben, aber... H. fragt, was ich da schreibe. Ich antworte nicht. Stattdessen lege ich jetzt gleich den Stift weg und küsse sie.

∞

Im Zug zurück. Zwanghaft arbeite ich an dem Buch über A. Warum klingt alles, was ich schreibe, wie der Versuch eines völlig missglückten Liebesromans? Keine Zweifel mehr! Einfach machen! In drei Wochen will ich das fertige Manuskript dem Lektor vom Verlag schicken. Krautfleckerl bei Oma und weiterforschen, wer sich verantwortlich fühlt für die Urne, die jetzt schon seit Tagen in der ehemaligen Futterküche steht. Es wird mehr und mehr zu einem detektivischen Spiel. Oma kennt eine alte Frau im Dorf, die über einige Ecken mit dem Mann verwandt sein soll. Wir fahren gemeinsam zu ihrem Haus. Ausgestorben. Muss sich nicht irgendjemand für die Asche eines Menschen verantwortlich fühlen? Auf dem Heimweg ein Pensionistenhandy und zwei Lesebrillen für Papa gekauft.

∞

Durch den Morgen taumeln. Mit dem Hund im Wald spazieren. Später auf ein Begräbnis einige Dörfer weiter, um als Sargträger auszuhelfen. Kurz bevor der Mann starb, hatte er nach einem Unfall wieder zu sprechen lernen müssen. Seine letzten Worte waren gleichzeitig seine ersten. Ein schöner Roman vielleicht? Im strömenden Regen zum Friedhof. Der Weg führt 300 Meter über die Hauptstraße. Schon dreimal soll hier – während eines Trauerzuges – ein Auto mehrere Menschen erfasst haben. Beim Hinablassen des Sarges ins Grab hält der Träger mir gegenüber das Seil falsch und quetscht sich seine Finger ein. Er hält sich am Grabstein fest und kippt ihn fast um. Zum Glück gibt im letzten Moment der Strick nach und der Sarg fällt den restlichen Meter hinab. Nach der Zeremonie spricht mich der Bürgermeister darauf an, ob ich nicht auch in seinem Dorf die Rolle des Totengräbers übernehmen könnte. »Unsere Gemeindearbeiter wollen sich das nicht mehr antun!« Es ist bereits das dritte Angebot dieser Art und ich lehne es – wie alle anderen – ab. Ich will nur schreiben und kein Monopol auf den Tod. Ins Wirtshaus. Drei Runden Bier. Der Bestatter erzählt uns zum x-ten Mal ein Best-of seiner schlimmsten Leichengeschichten. Noch immer spannend.

∞

Zurück zum Manuskript. A. stieg in den Zug und lächelte. Reicht das, um mein Leben als Kitschroman zu deuten?

∞

Nach drei Telefonaten habe ich endlich jemanden gefunden, der sich der Urne annimmt. Eine weitere Lebensgefährtin ist aufgetaucht. Sie möchte die Sache so schnell wie möglich erledigen. Der Pfarrer gibt mir seine Zustimmung, die Urne auf dem Friedhof neben einem Baum beizusetzen. Mit dem Spaten steche ich ein 30 mal 30 Zentimeter großes Quadrat in die Wiese. Ich hebe den Grasziegel an und grabe hinab. Die Lebensgefährtin kommt. Anfang 50. Blondes Haar. Tigerfellmantel und eine enganliegende Hose, die bis aufs Äußerste gespannt ist. Statt Begrüßungsworten fragt sie direkt: »Und was macht man da jetzt?« – »Kommt darauf an«, antworte ich. »Prinzipiell, was immer Sie wollen. Ein Gebet vielleicht. Ein paar persönliche Worte. Oder einfach eine Schweigeminute und dann...« – »Ja, genau so machen wir das. Geredet hat er eh nix.« Mit gesenktem Blick stehen wir für einige Momente da. Als ich merke, dass mein Gegenüber unruhig wird, bücke ich mich zur Urne und setze sie ins Loch. »Fertig?« Ich nicke. Bevor die Lebensgefährtin aufbricht, ziehe ich verlegen ein Kuvert aus meiner Jackentasche. »Was ist das?«, fragt sie. »Die Rechnung«, antworte ich schüchtern. Nichts ist mir unangenehmer als dieser Part der Arbeit. »Gehen Sie damit zu der komischen Tante, die hat eh alles geerbt.« Mit dem Spaten schütte ich das Loch zu und lege den Grasziegel wieder darauf, als wäre nichts gewesen.

∞

Eierlieferung an Oma. Sie gibt mir die Nummer ihres Lungenarztes auf dem Land. So viel Zeit ist seit der Diagnose vergangen. Fühle ich eine Veränderung? Ist die mögliche Spontanheilung eingetreten? Ich weiß es nicht. Da ist nur dieses ständige Verlangen, das Buch über A. endlich abzuschließen. Während Oma die Gemüsesuppe serviert, sagt die Sekretärin am Telefon, dass in zwei Wochen wieder Termine frei sind.

∞

48 Stunden ohne H. Ich sehne mich nach ihren Berührungen. Vermisse die Aufgeregtheit, wenn ich in ihrer Nähe bin. Es zerreißt mein Herz nicht, dass sie fort ist, und doch... Wer weiß, wer sie für mich sein könnte. Nicht alles überinterpretieren! Weiter mit dem Buch über A. Es geht voran. Anschließend Fußball. Wir spielen gegen jene Mannschaft, gegen die wir an dem Tag angetreten sind, als Opa gestorben ist. Ich auf der Ersatzbank. Eingewechselt in der 60. Minute. Bei 0:2 schieße ich mit Links ins Kreuzeck. 1:3 verloren. Unter der Dusche beginne ich, ohne Grund zu weinen und kann nicht aufhören. »Es ist nur ein Spiel«, sagt mein Trainer, als er mich sieht. Er weiß nicht, warum ich weine.

∞

Ich habe Opa nie gesagt, dass ich ihn liebe. Auf seinem Bauch einschlafen, während er schnarcht und alte Filme im Fernsehen laufen. Meine Heimat in der kältesten Nacht.

∞

Das Telefon läutet. Ich glaube dem Bestatter nicht, als er mir sagt, wer gestorben ist. Bei der Abholung steht eine Schulfreundin neben dem Bett ihres Vaters. Mein Blick fällt auf den Boden. Ich möchte ihre Trauer nicht sehen. All das kann nicht wahr sein, denke ich, aber das Leben läuft einfach weiter. Unerbittlich. Nach dem Erwachen sind diese Bilder noch immer so klar in mir, als seien sie Realität – kein Traum, sondern eine Art Prophezeiung vielleicht. Mein Telefon läutet jetzt wirklich und ich schrecke hoch. Bin ich dazu in der Lage, den Tod anderer heraufzubeschwören? Aufhören mit diesem Wahn! Ich bin nicht der Grund, warum alle um mich herum sterben.

∞

Tagwache. Graben. Danach den Sarg für die Aufbahrung aus der Kühlung ziehen. Rechnung stellen. Mit der Post kommt die erste Vorschreibung für die Sozialversicherung. Wie soll sich das alles ausgehen? Kaiserschmarren mit Zwetschkenröster. Auf dem Friedhof erzähle ich einem alten Deutschlehrer von meinem Buch über A. und stammle dabei ständig von Sehnsucht: »Das ist keine Liebe, sondern eine Magenverstimmung«, antwortet er. »Wie ein unreifer Wein! Sturm. Schreit und drängt, und irgendwann räumt's dich mit Dünnschiss durch.« Wahrscheinlich hat er recht.

∞

Jedermann im Fernsehen. Sprachkunst. Sie gefällt scheinbar. Die Poesie im Klang vielleicht. Ich weiß es nicht. Jedenfalls alles besser, als was ich hier mache. Statt mir die Sprache als Verbündete zu suchen, entreiße ich ihr die Form, um mich selbst bloßzustellen. Ich schlachte mich aus und schaue nach, was noch übrigbleibt. Das Schreiben macht mich mehr und mehr zu einem Kaffeesudleser meiner Innereien. Schinken-Käse-Toast zum Abendessen. Mama sagt, die Tante stirbt.

∞

Was weiß ich von der Tante? Da ist nur Licht und Wärme, wenn ich an sie denke. Und in Sepia getauchte Bilder, wie in all diesen filmischen Rückblenden geborgener Kindheit: Ich sitze in ihrer Badewanne, baue Schaumburgen und verschwinde in meine Traumwelten. Unsere letzten Treffen bestanden aus holprigen Gesprächen. Nie habe ich mir die Zeit genommen, auch nur auf einen Kaffee zu bleiben. »Sagen Sie mir ganz ehrlich, Herr Doktor, muss ich sterben?«, soll sie im Krankenbett gesagt haben. Der Arzt strich über ihren Rücken: »Die Krankheit ist schon sehr weit fortgeschritten.« Das Wort *sterben* würde er wohl nie in den Mund nehmen. Selbst am Ende muss noch dieser eine Funke Hoffnung bleiben. »Denken Sie an die schönen Sachen. Wie die Tulpen im Frühling aufgehen. Wie das Gras wächst. Die Vögel zwitschern. Nur keine schlechten Gedanken!« Ist das richtig, was er da sagt? Darf man nicht einmal mit nahendem Tod seine Maske fallen lassen und das Leben auch verabscheuen? Dieses positive Gerede macht mich manchmal wütender als jede Realität. Gibt es einen anderen Weg? Ich muss sie begraben. Das ist alles, was ich weiß.

∞

Treffen mit ehemaligen Studienkollegen in der Stadt. Gespräche über nichts. Die Hürden des Systems, die sich letztlich auf banale persönliche Befindlichkeiten herunterbrechen lassen, in denen einander nichts vergönnt wird. Der Rauch macht mir zu schaffen. Ich sitze abseits. Statt etwas zu sagen, fokussiere ich die Warnschriften auf den Zigarettenschachteln. Mitternacht. Ich spaziere eine halbe Stunde zurück zum Bahnhof, um den Kopf freizubekommen. Was hat sich in all den Jahren verändert? Noch immer wird darüber diskutiert, wie man »seinen eigenen Weg« finden kann. Die Ambitioniertesten damals sind in einem Bürojob gelandet. Ein paar haben durchgehalten, ohne je den Durchbruch zu schaffen, und hoffen noch immer auf diesen einen großen Wurf. Ist es Geduld, die man braucht? Oder der bloße Wahnsinn, immer weiterzumachen? Ich habe mir diese Frage nie gestellt, denn es gab keine andere Wahl für mich. Mein Wahn lag nie im Schreiben – nur bei A.

∞

Die selbstgewählte Deadline für die Abgabe des Manuskripts rückt näher. Wenn ich noch länger zuwarte, dann wird der Lektor vom Verlag unser Treffen schon wieder vergessen haben. Aber ich kann nicht widerstehen! Der Tag, an dem ich das Buch abgebe, soll genau der Tag sein, an dem ich das letzte Mal A. im Zug sah.

∞

Wenn man nur lange genug sucht, dann findet man überall Dinge, um die eigene Verschwörungstheorie zu stützen. Ich lese A.s Namen auf jedem Grabstein. In allen Gesichtern sehe ich ihre Züge. Es ist so, als würde die Welt mit mir reden, um sie zurückzubringen, und ich muss nur die Zeichen richtig deuten lernen. Wie viele Wege muss ich noch suchen, um A. nicht zu finden?

∞

Graben für die Tante. Ein Gefühl von Gleichgültigkeit überkommt mich. Die Arbeit wird zur Arbeit, egal, wen wir beerdigen. Ansonsten würde ich wohl keinen einzigen Tag auf dem Friedhof überstehen. Als wir auf die ersten Sargreste stoßen, sagt Papa: »Das sind deine Urlis!« Ich soll sie gekannt haben. Am Nachmittag Begräbnis. Ich erfülle meine Rolle als Totengräber. Meine Tante war evangelisch, aber gleichzeitig in der katholischen Kirche im Dorf aktiv. Wie sie es sich gewünscht hat, kommen zu ihrem Begräbnis beide Pfarrer. Während der Zeremonie so viele Bilder in meinem Kopf, aber die Emotionen stoßen gegen eine Mauer, bis sie nur noch zu einem stumpfen Pochen werden und ich gar nichts mehr fühle. Statt meines Standardsatzes sage ich zum Abschluss der Trauerfeier leise: »Danke, Tante.« Ich weine nicht. Umziehen. Loch zu. Leichenschmaus.

∞

H. ist zurück. Kino. Kein Kuss, als sie etwas zu spät kommt. Scheues Wangenberühren. Oberflächliche Gespräche ohne Zärtlichkeit. All das Feuer und die Leidenschaft in ihren Augen scheinen verflogen. Was ist passiert? Das Treffen plätschert dahin. Nach den Reisestrapazen sei sie noch immer müde, sagt sie. Im Kino, in dem wir – mit Ausnahme eines alten Mannes – alleine sitzen, ein zarter Kuss. Den ganzen Film über versuche ich, H. wieder nah zu kommen, aber es gelingt mir nicht. Ständig möchte ich sie berühren, aber fühle mich bald schon wie ein perverser Grapscher. Wie können wir uns in so kurzer Zeit so fremd geworden sein? Als der Film vorbei ist, begleite ich H. zur U-Bahn. Eine lange Umarmung. Es fühlt sich nach Abschied an.

∞

In einer fremden Stadt. Gary Oldman kommt auf mich zu und drückt mir eine überdimensional große Zigarette in die Hand. »Wenn du damit fertig bist, muss ich dich umbringen!« Nach wenigen Zügen bleibt nur noch ein Stummel übrig. Weiter zur nächsten Party. Als Gary Oldman wieder auftaucht, verstecke ich mich. Ein Schuss fällt. Terroristen stürzen herein, die wahllos in die Masse feuern. Wie in Zeitlupe sehe ich die Einschläge in Kopf und Brust. Alle sind tot. Ich krieche aus meinem Versteck. Gary Oldman hält mir eine Kanone an die Stirn. Ich bettle förmlich darum, dass er mich umbringt. Ein Schuss. Platzpatrone. »Auf diese Art ist es die größere Qual«, sagt er und geht. Langsam läuft das Leben weiter.

∞

H. hat mir am frühen Morgen eine Nachricht geschickt. Ausgedruckt über zwei Seiten lang. Sie schreibt darüber, dass sie gestern gerne mit mir gesprochen hätte, aber nicht den richtigen Zeitpunkt gefunden hat, um mir zu sagen, dass es nichts mit uns wird. Sie braucht Distanz und vielleicht einen Therapeuten, weil es symptomatisch für sie ist, erst solch eine Nähe zuzulassen und dann... aber sie mag mich – wirklich... Ich lese mir die Nachricht kein zweites Mal durch und lösche ihren Namen aus meinem Telefon.

∞

Ich muss mich auf mich selbst konzentrieren! Nur darin ist der Quell des Ursprungs zu finden... *Quell des Ursprungs!*... Sollte ich jemals wieder diese Zeilen lesen, dann werde ich genau da laut auflachen und den Kopf schütteln. Noch eine Woche bis zur Abgabe des Manuskripts. Was immer ich auch mache, es bleibt stets nur A. übrig! Knoblauchsuppe und gebackener Zander.

∞

Am Nachmittag Termin beim Lungenfacharzt. Im Erdgeschoss der Ordination eine Bestattungsfiliale. Hoch in den ersten Stock. »Irgendwelche Beschwerden oder sonstige Symptome?«, fragt die Krankenschwester bei der Anmeldung. Ich verneine, was zu verneinen ist, und gebe mich als die gesündeste Version meiner selbst. Weiter in den Glaskasten zur Lungenfunktion: blasen, blasen, blasen. Ich kenne das Spiel. Unerträgliche Hitze im Warteraum. Alte Menschen und Sauerstoffflaschen. Ich versuche mich an einem Kreuzworträtsel, aber finde kein einziges richtiges Wort. Mein Name wird aufgerufen. Im Ordinationszimmer blättert der Doktor durch die Befunde. Er wirkt gemütlich und hat ein rundes Gesicht. Nachdem ich mein T-Shirt ausgezogen habe, hört er mich ab und stellt mich im gegenüberliegenden Raum vor eine Röntgenwand. Ein Schatten, der einem Schmetterling gleicht, liege auf meiner Lunge, sagt er. Poetischer lässt es sich nicht sterben, denke ich. Der Arzt erklärt mir die Sarkoidose. Seit der Diagnose habe ich kaum einen Gedanken an die Krankheit verschwendet und jetzt... Bei den Fachvokabeln ist mein Latein zu Ende, also bekomme ich es in einfachen Bildern gesagt: Ein Virus vergräbt meine Lungenbläschen und nimmt ihnen damit die Funktion. Der medizinische Beweis des Totengräbers in mir? Statt weiter den genauen Ausführungen zu folgen, denke ich über bestimmte Formulierungen nach, um all das zu einem Text zu verarbeiten. Laut dem heutigen Lungenfunktionstest haben sich meine Werte etwas verschlechtert, sagt der Doktor. Um seinen Verdacht zu bestätigen, dass es zu keiner Spontanheilung gekommen ist, soll ich eine neue Computertomografie und ein Blutbild machen lassen. »Und wenn Sie mit den Ergebnissen nicht zufrieden sind?«, frage ich. »Gibt es wirklich keine Besserung, dann sollte umgehend mit einer Cortison-Therapie begonnen werden.« Dieser letzte Satz ist wie ein Schlag ins Gesicht. Ich werde nervös, unruhig. Als ich nach mehreren Anläufen noch immer nicht verstehe, was mich da von innen heraus auffrisst, sagt der Arzt weiter: »Stellen Sie sich Ihre Lunge als Haus vor, in dem Spinnen sitzen. Erst warten wir, ob die Ungeziefer von alleine verschwinden, ist das nicht der Fall, dann müssen wir sie ausbrennen.« Selten habe ich den Grad meiner Unmündigkeit deutlicher gespürt als in dem Moment, in dem mir die Welt mit Hilfe von Tiermetaphern erklärt wurde.

∞

Abend. Ich trinke und wische Frauen weg, die sich als Reisende geben. Gegen Mitternacht lege ich mich inmitten des Hofes auf den noch warmen Beton und blicke in den Sternenhimmel, bis mich die Finsternis ganz umhüllt.

∞

Träume: ja. Erinnerung: keine. Nicht einmal ein Gefühl. Und doch zu wissen, irgendetwas war.

∞

Völlig erschöpft erwacht. Ich taumle in der Wohnung hin und her. Der Hund will spazieren, aber ich schaffe es nicht hinaus. Ich versuche zu rekonstruieren, was ich gestern irgendwelchen Frauen geschrieben habe, bevor ich ins Koma gefallen bin. Die betrunkene Version meiner selbst löscht am Ende eines Abends alle Nachrichten, damit ich sie am nächsten Tag nicht bereue. Macht das irgendeinen Sinn? Ich traue diesem Wahnsinnigen nicht mehr. Mein betrunkenes Ich möchte mutig sein, ein Abenteurer, während mein nüchternes Ich dann mit den Konsequenzen leben muss. Als würde da etwas in mir gegen mich selbst kämpfen und ich stehe dazwischen.

∞

Weil das damals aufgeschüttete Erdmaterial auf dem neuen Friedhof einem einzigen Restmüllhaufen gleicht, sind alle Gräber nach dem ersten Aushub mit Sand gefüllt worden. Papa lässt mich das Loch alleine ausheben. »Eh nur Spielerei«, sagt er. Die schwere Eisenschaufel kann in der Totengräberkammer bleiben. Es reicht die leichte Blechvariante. Ich komme schnell voran. Der Wind weht mir den Sand in die Augen. Nach einer Stunde die blanke Sonne. Ich ziehe meinen Pullover aus. Die Annahme, dass es unter der Erde kühler ist, sollte überdacht werden. In zwei Metern Tiefe herrscht eine Luftfeuchtigkeit wie im Regenwald, verbunden mit einem unerträglichen Gestank. Ist das die Todesluft, die sich in meiner Lunge festgesetzt hat? Habe ich den Tod eingeatmet und lebe jetzt mit den Konsequenzen? Blödsinn! Raus aus dem Loch.

∞

Anruf von einer Immobilienmaklerin. Sie will mit mir telefonieren, bevor sie die Möglichkeit eines persönlichen Treffens überhaupt erst in Erwägung zieht. Vielleicht ist sie ja im Gespräch weniger spaßbefreit als im Schreiben. Ich irre mich. Der Anruf wird zu einem Verhör. Ich versuche die Absurdität dieser Situation immer wieder mit ein paar Witzen aufzulockern, aber ich spreche ins Nichts. Nicht einmal Nebengeräusche höre ich von der anderen Leitung. Rede ich überhaupt mit einem Menschen oder mit einem Algorithmus? Keine Reaktion. Kein Lacher. Ich höre nur mich selbst. Statt einfach aufzulegen, beginne ich von meinem neugegründeten Einzelunternehmen mit todsicheren Expansionschancen zu sprechen. Das Interesse wächst, bis ich den Friedhof erwähne.

∞

Weiter im Text. Langsam bemerke ich den Hang dazu, immer dasselbe zu sagen, nur mit anderen Mitteln. Alles, worauf ich mich verlasse, bin ich selbst – die Geschichten, die in mir stecken. Aber ich drehe mich im Kreis, immer wieder in mich hinein und aus mir heraus, bis ich gar nicht mehr unterscheiden kann, in welcher Welt ich noch lebe – dieser oder der erzählten, der im Nachhinein auf das Papier manipulierten. Dort, wo alles sein kann, aber ich mich selbst begrenze mit meinem Leben, als würden beide Welten mich von zwei Seiten am Weitergehen hindern... aber irgendwo dort dazwischen liegt A. begraben.

∞

Die Tage werden heißer. Unerträglich fast. Um 11 Uhr Eierlieferung an Oma. Sie kommentiert die vom Lungenarzt angedrohte Cortison-Behandlung mit den Worten: »Da musst dann schon auf dein Gewicht aufpassen, sonst gehst auf wie ein Germteig.« Ist es bedenklich, dass ich plötzlich mehr Angst davor habe, begehrenswert zu wirken, als die Krankheit zu bekämpfen? Grammelschmalzbrot zum Mittagessen. Weiter zum

Begräbnis. Als ich gerade die Straße absperre und die Autos anhalte, damit alle sicher in die Kirche kommen, erkenne ich I. unter den Trauergästen. Ist es wirklich sie? Sie hier? In wie vielen Silhouetten habe ich sie schon zu erkennen geglaubt? Vielleicht ist auch das nur ein Trug? Irgendeine Verwandtschaft gibt es wohl: Oma? Tante? Was weiß ich! Mein Herz schlägt schneller. Natürlich hat I. mich nicht gesehen. Wie auch? Trotzdem bereue ich es, heute nicht den schönen Anzug gewählt zu haben. Das Galagewand hängt im Schrank. Hat I. vielleicht an mich gedacht, als sie wusste, dass sie hierherkommen muss? Denkt sie noch an mich? Egomanisches Gehabe. Sie trauert um einen geliebten Menschen und ich... Die Messe ist vorbei. Während die Kirchenglocken zu schlagen beginnen, suche ich verzweifelt einen Spiegel. In der Reflexion eines polierten Grabsteines richte ich mir die Haare. »Bist eh fesch!«, schreit eine alte Frau über den halben Friedhof und ich fühle mich ertappt. Wie soll ich mich jetzt verhalten? I. irgendwie grüßen? Aus meiner Rolle fallen, sobald sie wie alle anderen ans Grab tritt? Ein Zeichen der Zuneigung signalisieren oder so tun, als ob ich sie gar nicht kennen würde? Der Trauerzug verlässt die Kirche. Ich sehe I. aus dem Augenwinkel. Neben ihr ein Mann. Modell: Neandertaler. Nicht nur, was das Alter betrifft. Ist es ihr Freund? Ich weiß es nicht. Als ich mit ihr ausgehen wollte, antwortete sie: »Gerne, wenn's nur platonisch ist. Sonst hätte mein Freund was dagegen.« Wir lassen den Sarg ins Grab hinab. Nach dem Pfarrer sage ich meinen üblichen Abschlusssatz und verteile rote Rosen für die engsten Familienangehörigen. Sofort lege ich eine für I. zur Seite. Als sie an der Reihe ist, kollidieren unsere Hände. Bis alle Trauergäste durch sind, ist I. wieder verschwunden.

∞

Am Abend für die Blutabnahme und die Bewilligung der Computertomografie zur Hausärztin. »Mit Cortison sammelt sich Wasser in deiner Haut. Viele bekommen da nach kurzer Zeit ein Mondgesicht«, sagt sie. »Hoffentlich ist das bald vorbei, damit du dein Leben wieder genießen kannst!« Warum hört sich alles aus ihrem Mund wie Abschiedsworte an?

∞

Gegen Mitternacht schreibt I., dass sie sich gefreut hätte, mich zu sehen. »Aber nächstes Mal vielleicht in einem schöneren Rahmen«, fügt sie noch mit einem Augenzwinkern hinzu. Mein Herz pocht laut. Alles, was ich zunächst an Worten zustande bringe, ist: »Wie geht es dir?« I. ist unsicher, wie ihr Leben gerade aussieht – beruflich, privat. Wir schreiben die ganze Nacht und ich bitte sie in der letzten Nachricht um ein baldiges Treffen. »Ich habe noch immer einen Freund«, antwortet I. »Platon! Ich weiß.«

∞

10 Uhr. Erst jetzt aus dem Bett gekommen. Dahinvegetieren ohne Ziel. An Schreiben ist nicht zu denken, also zeichne ich Coverentwürfe für das Buch: ein Herz, das Wurzeln schlägt. 50 Variationen von A.... Schinken-Käse-Auflauf zu Mittag. Ich fühle mich wie eine lebende Leiche und weiß nicht, was ich tun soll.

∞

Zur Computertomografie in die Stadt. Ich habe noch etwas Zeit und gehe einkaufen. Seit ich mich als Totengräber selbstständig gemacht habe, besorge ich mir nur noch schwarze Sachen, um alles von der Steuer abschreiben zu können. Im Diagnosezentrum komme ich sofort dran. Oberkörper freimachen. Ich betrachte mich von allen Seiten im Spiegelkabinett. Wie lange bin ich noch *ich*? Hinein in die Maschine. Fertig. Während ich auf die Bilder warte, ziehen bandagierte Gliedmaßen an mir vorbei. Mein oranger Plastiksack füllt sich Seite für Seite mit neuen Befunden. Keine Kurzgeschichte mehr.

∞

Konfessionslose Beerdigung. Ein Nachrufredner in Ausbildung tritt in die Aufbahrungshalle. Statt der üblichen Liturgien rezitiert er dieselben Gedichte wie alle anderen: Ein Schiff, das langsam am Horizont verschwindet. Fußspuren im Sand ... Zumindest hören es die Hinterbliebenen zum ersten Mal und nicht wie Papa und ich bei nahezu jeder Verabschiedung. Musikalischer Auszug mit den Top-3 der Friedhofscharts. Zum Grab. Sarg versenken. Loch zu. Fertig. Als der Verstorbene für seine Frau den weißen Grabstein errichten ließ, hat er vom Steinmetz bereits seinen Namen eingravieren lassen. Jetzt fehlt nur noch sein Todesjahr und die Buchstaben müssen mit Blattgold ausgefüllt werden. Malen nach Zahlen im Tod?

∞

Donnerstag. Das Manuskript liegt ausgedruckt vor mir. Noch ein paar Tage, bis ich es dem Verlag schicke. Ist es gut genug? Ich wollte mir ein Happy End erschreiben. Vielleicht wird A., wenn wir mehr sind als unsere eigene Geschichte, wenn es eine Sprache gibt, die über uns selbst hinausgeht, ewig bei mir sein. Zu Mittag Erbsensuppe. Später zu I. ins Büro. Sie hat mich eingeladen, ihren neuen Arbeitsplatz zu besichtigen. Ich tarne meine Aufgeregtheit mit schlechten Wortspielen. Wir trinken Wein und reden, als wäre keine Zeit vergangen. Ich greife nach ihrer Hand. Bevor wir uns jedoch zu nahe kommen, stellt I. mir die anderen Mitarbeiterinnen vor. Musik. Gelächter. After-Work-Party. Ich fühle mich wieder fehl am Platz in so einer großen Runde. Der Alkohol hilft. Tanzen. Eskalation. I. hält sich zurück und muss bald gehen. Unsere Verabschiedung ist einsilbig. Ich bleibe mit ihren Kolleginnen allein. Weitertrinken. Jemand streicht mir über den Rücken, küsst mich und greift mir in den Schritt. Ich erwidere alles. Diese verschwommene Gestalt zieht mich in ihr Büro. Mit einem Wisch werfe ich die Magazine vom Tisch. Eher eine theatrale Geste als große Leidenschaft. Wir lachen. Blonde Haare mit Gesicht. Mehr sehe ich nicht. Gegen Mitternacht hinaus. Taxi. Das fremde Wesen neben mir ist so betrunken, dass sie lallt und ich sie beim Aussteigen halten muss. Wir küssen uns lange im Innenhof. Ich begleite sie bis zur Tür. Einerseits um sicher zu gehen, dass sie es in ihrem Zustand die Stiegen hochschafft. Andererseits weil ich dringend aufs Klo muss. Als ich zurückkomme, steht das Schattenwesen nackt im Wohnzimmer. Sie stößt mich auf die Couch und setzt sich auf mich. Unkoordinierte Bewegungen. Es klopft an der Tür. Keine Reaktion. Als es Minuten später wieder klopft, springt die Gestalt über mir auf, macht das Licht aus und stürmt mit ihrem Handy ins anliegende Schlafzimmer. »Sei jetzt ganz still!« Ich sitze entblößt auf der Couch und starre zur Decke. Wildes Klopfen. Es folgt ein Telefongespräch. Durch die dünnen Wände höre ich alles. »Ich bin nicht zu Hause. Verstehst du das nicht? Ich bin noch im Büro, weil so viel Arbeit liegen geblieben ist«, bekommt die Stimme am anderen Ende der Leitung gesagt. »Freund? Bruder? Geliebter?«, gehe ich die mögliche Liste in meinem Kopf durch. »Mir geht's gut! Geh nach Hause! Ich brauche wirklich niemanden, der auf mich aufpasst! Du kannst nicht einfach so vor meiner Tür aufkreuzen. Verstehst du das noch immer nicht?« Mehrmals werden diese Sätze in geänderter Reihenfolge wiederholt. Ich schließe die Augen und merke erst jetzt, wie betrunken ich bin. Bevor ich völlig abdrifte, reißt I.s Kollegin die Tür auf. Mit dem Handy leuchtet sie auf den Boden, wirft mir meine Hose zu und sagt bestimmt: »Zieh dich an und geh!« Während ich meine restlichen Sachen einsammle, versuche ich anzumerken, dass es gerade nicht der richtige Zeitpunkt wäre, ihre Wohnung zu verlassen. Von einem rasend Eifersüchtigen erschlagen zu werden, klingt wohl interessant im Lebenslauf, aber ich brauche nicht noch eine Todesart in meinem Portfolio. »Er ist ganz bestimmt schon weg«, höre ich die plötzlich völlig ernüchterte Stimme. »Ich habe ihm gesagt, dass das so echt nicht geht! Ich weiß nicht, was er da macht. Wir waren nur einmal aus. Da war nicht einmal was. Und jetzt verfolgt er mich, als müsste er meinen Beschützer – oder was weiß ich was – spielen!« Ich ziehe mich an. »Geh einfach. Halt den Kopf unten. Und falls er dich anspricht oder irgendwas... geh einfach weiter. Reagiere auf nichts! Du musst jetzt echt auch nicht noch den Helden spielen!« Ich ziehe die Kapuze meines grauen Mantels hoch und öffne die Tür. Niemand da. Ich gehe durchs unbeleuchtete Stiegenhaus. In einer Ecke des Hofes sehe ich eine Gestalt im Schatten, die nach oben auf ein Fenster starrt. Ich blicke zu Boden und gehe mit gesenktem Kopf an dem Mann in der braunen Jacke vorbei. Er folgt mir mit seinen Augen. Seine Hände in der Tasche und... nichts. Ich öffne das Tor und sehe meine Spiegelung im gegenüberliegenden Schaufenster. Nach zwei Uhr streife ich durch die Stadt. Erst in drei Stunden geht der erste Zug zurück aufs Land. Was immer da zwischen mir und I. war, habe ich nun wohl endgültig zerstört.

∞

Noch einmal das Ende des Manuskripts überarbeitet. Ständig schiebe ich Textblöcke hin und her und verliere dadurch jede Ordnung. Nur Joghurt und Obst zum Mittagessen. Danach zum Lungenfacharzt. Anmeldung. Ich gebe die neuen Blutwerte und Bilder meiner Lunge ab. Warten. Lungenfunktionstest. Warten. Ein Nebel aus Gerüchen und dumpfen Tönen, die nicht zu ignorieren sind. Das Aufschlagen der Zeitungen. Leise Kommentare. Am schlimmsten sind Paare. Ihr geflüstertes Gerede ist lauter als jeder Schrei. Wie Kinder artikulieren sie alles, was sie sehen und denken. Selbst der gesündeste Mensch bricht irgendwann unter der Folter des Wartens. Die Tür geht auf. Ich höre meinen Namen und werde in die Ordination gebeten. Der Arzt sitzt hinter seinem Schreibtisch verbarrikadiert. Er fährt den alten Computer hoch. Das Laufwerk macht seltsame Kratzgeräusche. Hohe Töne wechseln sich mit dumpfen ab. Aus dem Augenwinkel werde ich nach meinem Befinden befragt und ich sage wahrheitsgetreu: »Etwas ausgebrannt.« Statt über diese völlig abstrakte Krankheit möchte ich über die Schwierigkeiten mit meinem Buch über A. sprechen, aber da sind die Befunde schon geladen. Dramatische Pause. Ich sehe, wie der Schweiß von der Lesebrille des Doktors auf den Tisch tropft. Sein weißes Hemd spannt so sehr, dass jeden Moment die mittlere Knopfreihe zu explodieren droht. Der Arzt vergleicht die neuen Aufnahmen meiner Lunge mit jenen vor gut sechs Monaten. Drei Mausklicke. Der Drucker arbeitet. Auf einem A4-Zettel wird mir die Gegenüberstellung der Bilder gezeigt. Querschnitt meines Innersten. Mit einem blauen Kugelschreiber zieht der Doktor einige Kreise. »Wie Sie sehen können, haben die weißen Flächen hier im linken Flügel etwas zugenommen und auch im rechten ist eine gewisse Verdichtung zu erkennen.« Ich schüttle ungläubig den Kopf. Zwar war ich nie von meinen Selbstheilungskräften überzeugt gewesen und doch glaubte ich, dass die Krankheit wie durch ein Wunder verschwinden würde. »Auch die neuen Blutwerte und die Lungenfunktion gefallen mir nicht wirklich.« — »Und was bedeutet das?«, frage ich leise, obwohl ich die Antwort bereits kenne. »Der Zug der Spontanheilung ist leider abgefahren und wir sollten umgehend mit einer Cortison-Therapie beginnen, damit die Schatten nicht weiterwachsen und es zu chronischen Schäden kommt, die dann nicht mehr zu behandeln sind.« Um wie ein halbwegs reflektierter Patient zu erscheinen, erkundige ich mich nach Alternativen, und der Lungenarzt beginnt mit einem Monolog, der so durchtränkt mit Fremdwörtern ist, dass ich nach wenigen Sätzen abdrifte und nur noch nicke. »Bei Ihrer Größe und Ihrem Gewicht würde ich gleich zu Beginn mit der höchsten Dosis beginnen — also 100 mg. Ich verschreibe Ihnen noch einen Magenschutz dazu, damit wir die Nebenwirkungen etwas abfangen. Und in zwei Monaten sehen wir uns mit neuen Bildern wieder.« Während der Doktor das Rezept ausdruckt, kommt mir nur eine einzige Frage in den Sinn: »Geht man da wirklich so auf?« — »Schauen Sie, nicht jeder Mensch ist gleich und bei jedem ist das ganz unterschiedlich. Vielleicht haben Sie gar nichts und wenn Sie halbwegs auf sich schauen, dann wird auch das mit dem Gewicht kein Problem sein. Im Gesicht werden Sie halt ein bisserl mehr, aber so eine gesunde Rundung macht ja nichts, oder?«

∞

Zurück zu Hause lege ich das Rezept in die Schublade. Gemeinsam mit meinem Anzug packe ich das finale Manuskript in die Reisetasche und fahre zum Bahnhof. Im Zug quer durchs Land zur Hochzeit einer alten Liebe. Wir sind Freunde geblieben. Noch einmal lese ich das Buch über A. von Anfang bis Ende. Sobald ich wieder zurück bin, werde ich es dem Lektor vom Verlag schicken, um endlich loslassen zu können. A. wird dann nichts anderes als eine blasse Erinnerung gewesen sein. Nach der letzten Seite gebe ich das Manuskript in einen Leinenumschlag und lasse es auf dem gegenüberliegenden Sitz liegen. Ich blicke auf. Eine junge Frau geht den Gang des Wagons entlang. Kann es sein?

DRITTES HEFT

Vor mir die Pillen. Vier Stück. 100 mg. Cortison. In der Nacht konnte ich kaum schlafen. Ich habe den Fehler gemacht, die Nebenwirkungen wieder und wieder nachzuschlagen: Schlafstörungen, Psychosen, Ausschläge, aufgedunsenes Gesicht, Gewichtszunahme... Lasse etwas Wasser im Mund und schlucke die Tabletten. Ich steige mit der höchsten Dosis ein, die empfohlen wird: alles oder nichts.

∞

Mein Magen rebelliert. Ich versuche zu lesen, versuche mich irgendwie abzulenken, aber nehme jetzt jede Regung meines Körpers als Auswirkung des Medikaments wahr. Bevor ich mich völlig verrückt mache, gehe ich mit dem Hund in den Wald. Durch den vielen Regen sind alle Wege dicht verwachsen. Ich durchschneide Spinnennetze, die an meiner Haut kleben bleiben, bekomme Hitzewallungen und kann kaum noch atmen. Was ist normal und was den Pillen geschuldet?

∞

Zurück vom Flughafen. Meine Eltern werden mit der transsibirischen Eisenbahn unterwegs sein und ich... finde einen Maulwurf auf der Kellerstiege. Vermutlich hat er sich verlaufen oder eine Katze hat ihn hierhergeschleppt. Er scheint jedenfalls unverletzt, also trage ich ihn zur Wiese. Sofort gräbt er sich die weiche Erde entlang und ich sehe die leichten Wölbungen im Gras. Ein faszinierendes Schauspiel.

∞

Zweiter Tag im Drogenland. Ich habe keine Erfahrungen mit Medikamenten. Außer den routinemäßigen Antibiotika bei Erkältungen bin ich bisher verschont geblieben. Als Kind habe ich auf dem Bauernhof wohl genug Dreck gefressen, wie es meine Eltern sagen würden. Metallener Geschmack auf der Zunge, eine gewisse Trockenheit im Mund und ein Kribbeln unter der Haut, als wäre mein Körper zu einem Ameisenbau ohne Königin geworden. Ich versuche weiterzuschlafen, aber schrecke alle paar Minuten aus Bildern hoch, die der Wirklichkeit immer näher kommen.

∞

Der Bauernhof wird überfallen. Nicht von Fremden, sondern von Menschen, die ich seit meiner Kindheit kenne. Sie haben automatische Schusswaffen und spielen Krieg. In ihrer Euphorie eskaliert die Gewalt. Eine Frau ist an meiner Seite. Ich kenne sie nicht, aber weiß, dass ich sie liebe. Wir verstecken uns im Hühnerstall. Die Aufregung ist groß. Das Warten auf das unausweichliche Ende wird unerträglich. Ich möchte die Frau neben mir küssen, aber sie weicht zurück. Sie hält es nicht mehr aus und stellt sich der Gefahr, während ich...

∞

Ich schreibe alles auf: jedes Jucken, jedes Gefühl von Unwohlsein, all die dunklen Gedanken. Was macht mich so traurig? Niemand, der mir nahesteht, ist gestorben. Seit einer Weile hat mich niemand mehr verlassen. Trage ich den Lebensüberdruss in mir? Oder bin ich einfach Melancholiker bei gleichzeitiger Überlustigkeit als Kompensation?

∞

Die Unruhe des Morgens beginnt. Den halben Vormittag verbringe ich jetzt mit den Routinen von Papa: Tiere füttern und auf dem Ortsfriedhof den Hausmeister spielen. Nachdem ich die Mülleimer entleert und unser Familiengrab gegossen habe, tritt die Witwe vom letzten Begräbnis auf mich zu. Sie bittet darum, dass ich die Kränze und Buketts von ihrer Ruhestätte räume. Bei dieser Saharahitze sind die Blumengestecke nach wenigen Tagen verwelkt. Der Pappelsarg ist bereits zusammengebrochen und die Erde hat sich gesetzt. Vom Mistplatz hole ich drei Scheibtruhen feines Material, leere es in die Grabeinfassung und ziehe alles mit dem Rechen glatt, damit die Frau ihre Vergissmeinnicht pflanzen kann. Danach zum Wirtshaus meines Onkels. Ich lade den Bioabfall in den Kofferraum und fahre zurück zum Hof, wo die Hühner bereits aufgeregt vor dem Eingang ihres Freilaufgeheges warten. Ich schütte den grauen Kübel aus und sie stürzen sich auf die Essensreste: Kartoffelschalen, Schnitzel, Suppeneinlagen... Jedes Mal bin ich aufs Neue erstaunt, wie die Meute ekstatisch lospickt und dabei vor nichts haltmacht. In wenigen Minuten ist alles bis auf die Knochen weg. Sollte ich jemals einen Mord planen, ist die Kombination aus einer Armee von Allesfressern und der Arbeit als Totengräber eine kaum zu überbietende Kombination diskreter Leichenentsorgung. Vielleicht ein Krimi irgendwann?

∞

Eine Henne liegt tot unter dem Nussbaum. Seitdem meine Eltern von einem Maschendrahtzaun zu einer soliden Variante mit Grundfestung umgestiegen sind, halten sich die Verluste durch Fuchsattacken in Grenzen, aber das Buffet für Greifvögel und Marder ist weiter eröffnet. Soweit ich das beurteilen kann, hat es sich hier aller Wahrscheinlichkeit nach um einen natürlichen Tod gehandelt. Ich werfe das Huhn auf den Misthaufen, der im Spätsommer als Düngemittel auf den Feldern verstreut wird.

∞

Als Kind hatte ich Papa einmal dabei beobachtet, wie er eine Henne schlachtete. Mit einem einzigen Hieb köpfte er sie in der Futterküche und der Korpus zuckte einige Sekunden so wild, dass die weiße Wand zu einem expressionistischen Blutgemälde wurde. Nachdem endlich der Tod eingetreten war, tauchte Oma das Huhn in kochendes Wasser und rupfte die braunen Federn gegen den Strich. Bis heute kann ich den metallenen Geruch und den Dampf auf meiner Haut nicht vergessen.

∞

Zehn Uhr. Endlich schreiben. Aber worüber? Noch immer warte ich auf Antwort vom Verlag – das Urteil, ob das Buch über A. meine überirdischen Erwartungen erfüllen kann. Gedankenverloren kritzle ich die leeren Seiten voll. Ich fühle mich gelähmt, ausgebrannt, als hätte ich das letzte bisschen Leben in das Manuskript gesteckt. Nach einer Stunde breche ich ab. Nichts anderes kann ich schreiben als dieses Gestammel hier, das in jedem Handgriff und Hirnschas eine bedeutende Geste sehen will. Wann bin ich zum Moderator meines eigenen Lebens verkommen? Ich lese weiter in *Das Handwerk des Lebens* von Cesare Pavese.

∞

Die Illusion ist doch, dass diese Worte für keine Öffentlichkeit geschrieben sind. Ist das möglich? Ich bezweifle es. Authentizität ist ein Mythos für Menschen ohne Vorstellungskraft. Das Ich möchte Wurzeln schlagen, aber die Sprache bleibt Treibsand.

∞

Am Abend ziehe ich mir die Laufschuhe an. Nach dem zweiten Kilometer verlässt mich jede Kraft. Meine Brust schmerzt. Seitenstechen. Ich laufe einfach weiter. Acht Kilometer in meiner schlechtesten Zeit. Völlige Erschöpfung. Heißes Bad. Ich falle ins Bett. Alles in und an mir dehnt sich aus. Gleich der Schwellung nach einem Bienenstich gehe ich am ganzen Körper auf. Die Wasseransammlungen unter der Haut beginnen wohl.

∞

Geträumt vom Dschungel. Ein Haus überwachsen von der Zeit. Wurzeln dringen durch die Gemäuer. Ich weiß, SIE wartet auf mich, aber ich finde niemanden. Unruhe, die zur Gefangenschaft wird.

∞

7 Uhr. Im Schatten unter der Weide ist es noch kühl. Der Hund schnarcht neben mir. Die Katzen liegen auf dem Fensterbrett und ein Huhn auf Freigang durchpflügt den Rindenmulch im Blumenbeet. Auf der Landstraße

ziehen Autos vorbei. Mit etwas Fantasie stelle ich mir das Meer und das Geräusch aufschlagender Wellen vor, während der Duft von Kunstdünger in der Luft liegt.

∞

Als Schreibtisch dient mir das umfunktionierte Gusseisengestell einer alten Singer-Nähmaschine. Nach ihrer Schneiderinnenlehre hat sich Mama der Familie gewidmet und sie kaum noch gebraucht. Durch leichtes Wippen bringe ich das Antriebsrad in Schwung, das sich ins Leere dreht. Nichts anderes ist Schreiben, denke ich.

∞

Schreiben? Ich spreche nicht darüber und wenn, dann nenne ich es *Kritzeln* oder *Herumbasteln*. Es fällt mir noch immer schwer, alles, was nicht mit körperlicher Verausgabung zu tun hat, als Arbeit zu sehen.

∞

Im Kino, 8 Jahre alt. *Jurassic Park*. Ich rieche den Zigarettenrauch in meinen Haaren noch. Vernebelte Bilder. Die Augen brennen. Ich kann nicht schlafen und blicke aus dem Fenster. Weg von hier, denke ich. Dorthin, wo es die Möglichkeit von Dinosauriern gibt.

∞

Dritter Tag mit den Medikamenten. Die einzig ersichtliche Nebenwirkung ist bisher, dass ich ein anderes Bewusstsein für meinen Körper bekomme und auf jede kleine Änderung achte. Neue Routinen: Das Cortison sollte nicht auf leeren Magen genommen werden, also frühstücke ich wieder regelmäßig, was ich seit meiner Kindheit nicht mehr gemacht habe. Müsli mit Obst. Zu Mittag Gemüse und Salat. Danach nur noch Tee. Die Entschlackung gemeinsam mit der Bewegung tut mir gut. Aber wer weiß, wie lange ich es durchhalte. Die nächste Versuchung und ich...

∞

Ich werfe meine Angel nach Sprache aus. Nur Gestammel rüttelt an der Schnur. Warten. Mit dem falschen Köder, zur falschen Zeit, in falschen Gewässern. Nennt man das Gegenteil *Erfahrung*?

∞

Nachdem die Morgenarbeit getan ist, klaube ich die Marillen im Garten auf. Der Wind wirft sie von den Bäumen. Viele noch unreif. Fast eine ganze Scheibtruhe und nur eine Handvoll gute dabei. Oma hat gestern dreimal angerufen und mir gesagt, dass ich sie unbedingt waschen soll, wenn ich sie einfriere, und ja nicht waschen darf, wenn ich sie bloß in den Kühlraum lege... oder doch umgekehrt? Kurz nach zehn Uhr ist die Sonne bereits so stechend, dass es mir den Dreck aus dem Gesicht treibt. Ich weiß jetzt, woher Papa die sportlichen Beine hat, ohne irgendeinen Sport zu treiben. 200 Wiederholungen Marillen klauben. Bauch, Bein, Po – alles wird da trainiert. Muskelkater jetzt. Papa ist doppelt so alt wie ich und ich bin die Ruine.

∞

Hungerdelirium. Erstmals diesen Joghurt-Ersatz aus Kokos probiert. Kein Unterschied. Später ein Jahr in den Tagebüchern von Pavese gelesen. Viele Sätze darin sind wie Kalendersprüche. Schön zu zitieren, aber in ihrer Allgemeinheit ausdruckslos. Einiges stört mich an diesen Aufzeichnungen. Thesen werden referiert, die alleine auf den eigenen Erfahrungen beruhen und zu abstrusen Schlussfolgerungen führen, aber dabei das wirklich Persönliche – dort, wo solche Aussagen an Gewicht bekommen würden – aussparen.

∞

Nachmittag. Eierabnehmen. Mit einem Korb gehe ich hinüber zum Stall. Damit mich sein Schnabel nicht erwischt, greife ich von hinten unter das brütende Huhn und versuche die Belästigung im Rahmen zu halten. Ein Ei fühlt sich komisch an. Es scheint keine Schale zu haben und lässt sich wie ein Gummiball drücken. Trotzdem bleibt das Innere innen. Verhält es sich mit Tagebüchern ähnlich?

∞

Jeden Tag zählt er die Schritte, die er mit seinem Hund gemacht hat, sagt ein Mann auf dem Friedhof. »Heute war es einmal um die ganze Welt.«

∞

Ich starre auf mein Telefon und warte, bis etwas passiert. Ein Toter – und vielleicht geht sich das Meer noch aus. Es klingelt. Der Bestatter ruft an. Nein, kein Sterbefall. Seine Schwiegermutter braucht vierzig Eier, um für ein Geburtstagsfest zu backen, und ich fahre sofort los. Bei Kaffee und einer Kardinalschnitte klagt der Bestatter über das Sommerloch. Nicht nur auf unserem Dorffriedhof ist nichts los, der ganze Bezirk scheint ausgestorben. »Aber da müssen wir durch«, fügt er hinzu. »Betrachtet man die Zahlen über das Jahr gesehen, dann gleicht sich das alles wieder aus. Jetzt gerade nichts und danach werden wir erschlagen.« Ich nicke. Bisher habe ich mir über diese Seite des Todes kaum Gedanken gemacht. Früher stieg mit jeder Leiche ein wenig mein Taschengeld, aber jetzt muss ich davon leben.

∞

Bevor ich gehen will, führt mich der Bestatter in sein Büro und zeigt mir eine Annonce. Jemand verkauft seinen alten Friedhofsbagger und er fragt mich, ob das nicht eine super Gelegenheit für mich wäre. »Der Papa wird sich ja irgendwann nicht mehr so plagen wollen – und auf die Dauer rentiert sich das sicher!« Lässt sich ein Kredit auf den Tod aufnehmen?, denke ich sofort. Und welche Sicherheiten gebe ich dann an? Das ist ein todsicheres Geschäft! Oder: Gestorben wird immer!, wie es die alten Herren auf dem Friedhof mit den stets gleichen Phrasen sagen. Aber was hat diese Maschine noch mit meinem Bild des Totengräbers gemein? Wäre es nicht der allerletzte Schritt, den Tod als reines Gewerbe zu sehen? Bis jetzt war da stets die Illusion, den Friedhof jederzeit verlassen zu können, um …

∞

Große Erwartungen im Fernsehen. Ein kunstbegabter Junge verliebt sich in ein Mädchen höheren Standes. Sie wurde von einer Frau erzogen, die der Männerwelt Rache geschworen hat. Alle Herzen gebrochen. Schöne Bilder.

∞

Zurück im Garten. Unerträgliche Hitze. Selbst im Schatten. Ich sitze bloß, aber mir treibt es den Schweiß aus der Stirn. Verbrenne innerlich. Um mich irgendwie abzulenken, versuche ich den Hund aufzutreiben, damit er mit mir spazieren geht, aber er bleibt einfach liegen. Langeweile. Ja nicht an J. denken.

∞

Lesen.

∞

Als ich das erste Mal J. sah... *Nein!*

∞

Lesen.

∞

Im Zug setzte sich J. mir gegenüber... *Nein!*

∞

Lesen.

∞

Die Liebe auf den ersten Blick hielt ich stets für einen Mythos, bis J.... *Nein!*

∞

Lesen.

∞

Seit der Hochzeit bin ich J. verfallen. Ich kann nicht aufhören, an sie zu denken. Wir hatten diesen einen Tag. Er sollte so einzigartig bleiben wie in all diesen furchtbar schönen Rom-Com-Szenarien. Was immer auch passieren wird, wir haben diese perfekten Momente jetzt, zu denen wir uns in den dunkelsten Stunden zurückdenken können. Nichts weiß ich von J. und doch... Ich Volltrottel hätte einfach nach ihrer Nummer fragen sollen.

∞

Traum von einem Literaturwettbewerb. Ich sitze in einem Glaskasten und werde geblendet von einem Scheinwerferlicht. Mit aller Kraft lese ich Worte, die ich geschrieben haben soll: »Ich, Totengräber... *bla bla bla*... Friedhof... *bla bla bla*... Bedeutungsschwere... *bla bla bla*... Liebe.« Als ich fertig bin, spricht niemand mit mir. Es gibt keine Reaktion und ich gehe. Beim gemeinsamen Abendessen kann ich nicht anders und frage ein Jurymitglied nach meinem Text. Der glatzköpfige Mann ziert sich und möchte nichts sagen. Wahrscheinlich, um mich nicht zu verletzen. Ich bestehe darauf und höre die Worte: »Pubertätsgeschwängertes Gestammel... alles schon tausendmal gehört... autofiktionale Selbstbefriedigung...« Ich weiß, er liegt nicht falsch.

∞

Noch keine Spur von Schlafstörungen. Über sechs Stunden weggetreten und mit dem Gefühl erwacht, vielleicht doch bald das Buch über A. in Händen zu halten.

Da ist noch immer diese seltsame Hoffnung, dass sich mit der Veröffentlichung des Manuskripts alles ändern wird. Wie lange soll ich noch auf Antwort warten?

∞

Meine Hand zittert. Sind es die Medikamente? Die ersten Schlucke vom Kaffee? Oder alles gemeinsam? Ich weiß es nicht! Jeden Tag isoliere ich mich ein Stück mehr vom Leben und bleibe mit dieser Krankheit alleine. Ich kenne all diese Symptome, wenn ich schreibe, aber noch nie hat es solche Ausmaße angenommen, die auch meinen Körper betreffen. Gestern hätte ich mit Freunden ausgehen können, aber ich hatte Angst zu trinken. Erstmals wieder große Lust auf Alkohol. Nicht wegen des Geschmacks oder des Genusses, nur um in diese Scheinwelt der Betäubung abzutauchen.

∞

Morgenroutine. Unmöglich, nicht an J. zu denken. Ständig gehe ich den Tag der Hochzeit durch, aber finde keine neuen Hinweise: Die ersten Augenblicke im Zug. Unser Wiedersehen bei der Trauung in der mittelalterlichen Kirche. Die Agape oben am See, wo wir uns durch den Schnapsvorrat kosteten. Unsere Mitternachtseinlage als orgiastischer Schrei. Vor den Blicken der anderen flüchteten wir in eine versiffte Kellerbar. Redeten, lachten, tanzten... Ich war zurück in einer Zeit, die längst im Dunklen lag. Dort, wo die Zukunft noch über alles strahlte. Dort, wo noch nichts gewiss war. Dort, wo ich zu schreiben begann... Auf dem Weg zurück ließ sich J. theatralisch auf den warmen Asphalt der Landstraße fallen und blickte zu den Sternen. Ich legte mich zu ihr. Lichter rasten auf uns zu. Im letzten Moment sprangen wir hoch und ich brachte J. zurück. Als ich mich völlig berauscht nach vorne lehnen wollte für einen Abschiedskuss, bellte ein weißer Wolf den schwindenden Mond an. Die Sonne ging auf und ich erwachte alleine in meinem Bett. J. war fort. Wir hatten einander versprochen, uns nicht zu schreiben, um all das nicht mit unserem Alltag... *bla bla bla*... Wie viele dieser Bilder entspringen der Wirklichkeit? Dem Schnaps? Oder meinen Schmalzsynapsen?

∞

Der Bestatter ruft an. Er hat vergessen, dass Papa noch auf Urlaub ist, und erzählt mir jetzt, dass einer unserer Kollegen schwer erkrankt sei. Letzte Woche hat er Nasenbluten bekommen und der Hausarzt schickte ihn auf Verdacht ins Spital. Wäre er einen Tag später gekommen, wäre es vermutlich zu spät gewesen. Diagnose: Knochenkrebs. Sie versuchen ihn auf der Intensivstation zu stabilisieren, aber die Hoffnung: »Weißt eh!« Es sind seltsame Zeiten. Ist die Arbeit auf dem Friedhof doch etwas Toxisches? Welch gesunden Geist und Körper braucht es, um sich jeden Tag dem Tod zu stellen, ohne dass dabei irgendetwas abfärbt? Ist die Literatur nicht die beste Quelle dafür? Selbst die größten Helden wurden über kurz oder lang verrückt, nachdem sie es gewagt hatten, in den Hades hinabzusteigen: Herkules, der danach seine Frau und Kinder erschlug. Orpheus, der statt seine Liebe zu retten als egomanischer Künstler zurückkehrte und so lang schmalzige Lieder sang, bis er von den Mänaden zerrissen wurde... Und die Zwei sind die positiven Ausnahmen, die es wieder aus der Unterwelt herausschafften. Wie viele haben nie mehr das Licht gesehen? Nur noch Schatten! Vielleicht bin ich doch zu schwach dafür. Und noch dazu fühle ich, wie ich mit den Medikamenten immer tiefer in mir selbst versinke. »Es ist nichts zu gewinnen im Tod...« Ich sollte aufhören, Pavese zu lesen. Die Kalendersprüche färben ab.

∞

Bevor ich einschlafe, schicke ich K. eine Nachricht. Ich bedanke mich für die Einladung zur Hochzeit und versuche, ihr mein plötzliches Verschwinden ohne Abschied zu erklären. K. kennt mich. Sie kennt mich so gut, dass sie sofort weiß, dass ich nicht aus Höflichkeit schreibe, sondern um alles über J. zu erfahren. »Lass es lieber!«, antwortet sie. Ich tue verblüfft und bevor ich mir irgendeine banale Ausrede einfallen lassen kann, zitiert K. aus dem *Werther*: »Nehmen Sie sich in acht (...), daß Sie sich nicht verlieben!«

∞

K. war die erste Frau, die mir gesagt hatte, dass sie mich liebt. Und die erste Frau, die mich verlassen hat. Mit Zweiterem konnte ich besser umgehen.

∞

Schlaf ohne Erholung. Acht Stunden weggetreten und kein Bild blieb in mir – nicht einmal der Ansatz eines Gedankengebäudes. Leere und Nichts. Dunkelheit, in der ich als bewusstloser Passagier herumirre.

∞

Die tropische Hitze soll jetzt enden. Gestern Abend erstmals Regen. Das Erwachen wie ein Albtraum, den ich nicht träume. Als ich die Haustür aufmache, liegen drei Mäuseköpfe auf der Fußmatte. Die jungen Katzen im Konkurrenzkampf um Anerkennung. A. spielt sich mit den Ohren des Hundes, während er schläft. Ihn kümmert es nicht und er schnarcht einfach weiter.

∞

Heute bei Freunden. Sie kennen das Schlimmste von mir und möchten mich trotzdem bei sich haben. Ständig denke ich an Flucht. Ich fühle mich unwohl in meinem Körper, möchte *aus der Haut fahren*. Vielleicht verstehe ich diese Redewendung zum ersten Mal nicht als bloße Floskel. Ein Gefühl, als würde ich mich abschälen, als reagierten meine inneren Qualen nach außen. Mein Gesicht pocht unter der Haut. Mein Mund ist an seltsamen Stellen wund. In mich gekehrt sitze ich einfach da. Schweige. Während um mich herum das Leben stattfindet.

∞

Erstes Fußballmatch der neuen Saison. Wie viele Spiele bleiben mir noch? Schon nach wenigen Minuten bekomme ich keine Luft mehr. Die Gegner fragen mich, ob alles in Ordnung sei. In der Halbzeitpause muss ich mein schweißgetränktes Trikot auswinden. Unerträgliche Hitze. Die Haut glüht. Das Bier danach fährt sofort in die Blutbahn und ich kann nicht aufhören weiterzutrinken. Abstinenz vorbei. Sonnenstich.

∞

»Sei nicht sauer«, schreibt J., »ich habe dein Buch gelesen!« In einem pathetischen Ritual des Loslassens hatte ich eine Kopie des Manuskripts im Zug liegen gelassen, um A. damit endlich zu vergessen oder... *Was weiß ich!*... J. muss sie gefunden haben, als wir gemeinsam ausgestiegen sind. Meine Nummer stand auf dem Titelblatt. Bevor ich all das realisieren kann, kommt noch eine Nachricht: »Ich habe jetzt viele Fragen!« Kann das wirklich wahr sein? Ich bin völlig berauscht. Statt eines einfachen »Hallo« antworte ich ihr mit *Werther*: »Ich habe eine Bekanntschaft gemacht, die mein Herz näher angeht. Ich habe – ich weiß nicht...«

∞

Restrausch. Medikamente. Frühstück. Egal, was ich esse, nichts gibt mir ein Gefühl von Sättigung. Großes Verlangen nach allem, was von Fett trieft. Ich lese die letzten 50 Seiten von Pavese. An manchen Stellen – im Part des Zweifelns – hat es mich berührt. Aber sonst? Vielleicht verstehe ich zu wenig von seiner Literatur – oder der Literatur im Allgemeinen –, um es vollständig zu begreifen. Jedenfalls hat Pavese wohl das einzig gültige Ende für Tagebücher gefunden. »Ich werde nicht mehr schreiben«, ist sein letzter Eintrag. Wenige Tage später zieht er sich in sein Hotelzimmer zurück und nimmt so viele Schlaftabletten, dass er nicht mehr aufwacht. Wenn die Sprache keinen Halt mehr gibt, weil man sie verbraucht hat, was bleibt einem dann noch?

∞

Mit dem Hund im Wald. Bei dem Gedenkstein für einen erschossenen Jäger treffe ich die über siebzigjährige Enkelin. »In ehrvoller Pflichterfüllung 1918 meuchlings erschossen«, steht auf der grauen Platte graviert. Die alte Frau erzählt mir, dass ihr Großvater in unserem

Dorf bestattet wurde, aber das Grab wohl schon lange nicht mehr existiere. Selbst, wenn ich es in Erfahrung bringen wollte, es gibt kein Archiv. Nach dem Zweiten Weltkrieg blieb nur noch verbrannte Erde im Dorf zurück. Ich weiß, meine Geschichten liegen hier vergraben, aber noch fehlt mir die Sprache, um sie aus der Erde zu reißen.

∞

Hat sich J. gestern Abend wirklich gemeldet oder war das nur eine Fata Morgana eines trunkenen Herzens? Den ganzen Tag schon starre ich auf mein Telefon, aber sie hat nicht auf meine blöde *Werther*-Anspielung reagiert. Was mir im Rausch alternativlos erschien, ist mir jetzt unverständlich – peinlich sogar. Wenn J. wirklich das Buch über A. gelesen hat, weiß sie alles über mich. Mehr als jeder Mensch zuvor. Schlag Mitternacht... *J. schreibt...* Ohne Vorgeplänkel in medias res. »Bist du das in dem Buch? Ist das alles wirklich so passiert?« Ich reagiere ausweichend und mit schlechten Witzen. J. gibt sich damit nicht zufrieden und bohrt weiter. Wie immer, wenn ich mich in die Ecke getrieben fühle, werde ich pseudophilosophisch: »Ist nicht alles, sobald es aufgeschrieben wird, Fiktion? Und ist diese Welt, in der wir leben, nicht bereits so überinszeniert, dass jede Wahrheit nur Illusion sein kann? Wir haben unsere Ideale auf Märchen gegründet, also bleibt nur die Dichtung, um sie wieder zu dekonstruieren...« – »Aha«, antwortet J. und ich sehe förmlich, wie sie dabei ihre dichten Augenbrauen hochzieht. »Vielleicht solltest du noch ein Programmheft für deinen Roman schreiben.« Ich lache laut auf. In unserem Gespräch ist diese Leichtigkeit, die vom ersten Moment an bei der Hochzeit begonnen hat. Wir necken uns. Stacheln uns an, wodurch die banalsten Dinge zu leuchtenden Erkenntnissen werden. J. lässt mich auflaufen mit meinen *großen* Worten und nimmt mir jede Schwere. Ein Dialog über Kitsch und Realität kommt in Gang. Ich kann mich nicht richtig ausdrücken und bleibe bei Allgemeinplätzen hängen – irgendwo zwischen den zwei Erichs: Fromm und Fried. Sie kennt beide nicht. Während draußen bereits die Sonne aufgehen will, fragt mich J.: »Fühlst du wirklich so wie diese Figur? Ist das dein Bild von Liebe?« Sie hätte diesen Zustand, einem anderen Menschen völlig zu verfallen, noch nie erlebt und es fasziniere sie. Der Hahn kräht. »Gute Nacht«, schreibe ich mit einem Augenzwinkern und ziehe mir die Decke über den Kopf. Ich fühle J. so nah bei mir, als müsste ich nur die Finger ausstrecken, um sie berühren zu können. Unser gemeinsamer Tag bei der Hochzeit war keine Illusion. Ich weiß es jetzt!

∞

Django ist gestorben. Seinen richtigen Namen kenne ich nicht. Als ich acht Jahre alt war, hatte er unserer Familie einen *Video 2000* samt seiner Filmsammlung geschenkt. Die Kassetten lagen in olivgrünen oder braunen Plastikhüllen, die mit ihren goldenen Verzierungen die Aufmachung eines klassischen Buches imitierten. Umzingelt von diesem schier unendlichen Schatz fühlte ich mich wie in meiner eigenen Bibliothek, die mir alle Antworten liefern konnte. Nachdem ich mit Schwarzenegger, Stallone und Spielberg durch war, blieb ich bei den Schmachtfetzen hängen. Bis heute vielleicht! In den letzten Jahren ist Django dement geworden. Er stand mitten in der Nacht auf, aß den Kühlschrank leer, ohne irgendein Sättigungsgefühl. Er vergraulte seine Pfleger und wurde jähzornig. Jetzt wird er verbrannt und die

Urne nach Hause gebracht. Kein öffentliches Begräbnis. Wieder keine Arbeit für mich! Die Witwe bittet mich bloß, die Parte ins Schaufenster neben der Totengräberkammer zu hängen.

∞

Die Eltern vom Flughafen geholt. »Eh schön.« Im Wald schnüffelt der Hund an einem Stein. Ich hebe ihn hoch. Es ist ein Herz aus Granit. Ein Bruchstück – unmöglich aus Zufall so perfekt geformt. Oder sehe ich gerade nur Herzen? Ich mache ein Foto und schicke es J. Wir sind zu weit voneinander entfernt, als dass wir uns gefährlich werden könnten. Unser Gespräch wird sich bald verlaufen, bis ich für sie nur noch eine ferne Erinnerung sein werde; dieser seltsame Poetenclown, mit dem sie einen einzigen Tag teilte und von dem sie einen völlig missglückten Liebesschinken las. Das Manuskript wird in irgendeiner Schuhschachtel unnützer Dinge landen. Danach auf dem Dachboden verstauben. Abrisskran... Oder das Buch findet seinen Weg auf einen Flohmarkt, wo es einer mysteriösen Schönheit in die Hände fällt und... *Wenn sie nicht gestorben sind...* Habe ich je aufgehört, an Märchen zu glauben?

∞

Bier und Schnaps auf einem Fest – dieser Rausch wieder, in dem ich mich unsterblich fühle. Eine ältere Frau lehnt an der Bar. Während sie von einer Gruppe betrunkener Männer umgarnt wird, lächelt sie mich ständig an. Beim Vorbeigehen flüstert sie mir zu: »Du flirtest mit mir!« Tue ich das? Es wäre mir nicht aufgefallen. Und doch! Nachdem sie es gesagt hat, will ich sie jetzt um jeden Preis haben. Ich trinke weiter und weiter, um dieses Gefühl aufrechtzuerhalten. Wer ist sie? Egal. Ich sehe nur J. in ihr.

∞

Mit schwerem Kopf erwacht. Ich fühle mich miserabel. Magenschutz, Butterbrot und Cortison. Noch immer betrunken. Ich zerstöre mich, weil ich mit meinem körperlichen Verfall nicht anders umgehen kann. Brauche einen Schuldigen für meine Krankheit, also lege ich selbst Hand an. Die Machtlosigkeit macht mich krank und so tue ich das Einzige, worüber ich irgendeine Kontrolle besitze: Ich ruiniere mich. Es klingt paradox – ist es auch! In wenigen Wochen folgt die nächste Computertomografie und dann werde ich Gewissheit haben, ob diese Qualen mit den Medikamenten irgendeinen Sinn haben. Laut Plan reduziere ich erstmals die Dosis auf drei Pillen. 75 mg jetzt.

∞

10 Uhr. 50 neue Legehühner abholen. Eines bekomme ich gratis dazu. Auf dem Weg legen sie drei Eier. Wahrscheinlich vor Schreck.

∞

J. schreibt. Nichts Besonders und doch fühle ich sofort diese tiefe Verbundenheit. Ich möchte wieder zu pathetischen Sätzen ausholen, aber J. antwortet entlarvend ehrlich. Es ist seltsam, immer in der Falschen die Richtige zu finden.

∞

Ein 50-jähriger Mann mit einem Teddybären in der Hand. Seine Mutter pflegt das Grab. Ich gehe mit der Gießkanne vorbei. »Der Papa. Der Papa«, ruft der Kindgebliebene aufgeregt. Die Mutter entschuldigt sich: »Mein Sohn ist leider...« Jedes Mal vergesse ich ihre Namen.

∞

Am Nachmittag mit Papa zwei Fuhren Holz schneiden. Der kalte Schweiß rinnt mir über den Rücken. Meine Brust schmerzt. Ich bin ein Wrack. Körperlich am Tiefpunkt angelangt. Monotone Arbeit. Zum Glück ist es bewölkt. Ich ziehe die meterlangen Holzscheite vom Stapel. Ameisenkolonien dazwischen. Larven. Holzwürmer. Staub. Ständig derselbe ansteigende Lärm, den ich dumpf durch die Ohrschützer höre und der mir am Höhepunkt einen Stich im Kopf versetzt. Ich niese. Alles, woran ich denke: J.s Lachen. Ich dachte, ich hätte es unter Kontrolle, hätte im Laufe der Zeit irgendetwas gelernt. Fehlanzeige! Ich schreibe J. in diesem naiven Gedanken, dass ich mich durch sie immunisieren kann. Genau so, wie man es bei Schlangengift macht: Ich gestehe meinem Körper kleine Dosen an Sehnsucht zu, damit mich nicht jeder Biss sofort tötet. Und jetzt? Verliebt in J., als wäre es das erste Mal – *schon wieder.*

∞

Warum schreibt mir J.? Sie ist allem Anschein nach in einer festen Beziehung, wenn ich K. richtig verstanden habe. Wie fürchterlich hört sich diese Formulierung an: *feste Beziehung*! Ich spüre, wie sich der Stift und meine Hand davor ekeln, diese Worte aufzuschreiben. Sie hatte zwar bei der Hochzeit mehrmals einen Namen erwähnt, aber das könnte genauso gut ihr Bruder gewesen sein. Ich sollte sie einfach darauf ansprechen, aber ich bin zu feige... *was auch immer*... Es kann zu nichts führen. Ich weiß es und trotzdem flüstert mir diese Stimme zu: »Es ist alles unschuldig, nichts als eine freundschaftliche Geste.« Sogar beim Selbstbelügen werde ich schleißig und begnüge mich mit den einfachsten Ausreden, um meiner Willenlosigkeit Grund zu geben. Diese Aufzeichnungen, sollte ich sie jemals wieder lesen, werden das Vermächtnis eines liebestollen Narren sein. Wahrscheinlich liegt meine Krankheit gar nicht in der Lunge, sondern alleine im Herzen.

∞

Treffen mit einer Frau, auf die ich im Forum einer Tageszeitung gestoßen bin. Unter einen Kommentar von ihr habe ich ein Zitat von Fernando Pessoa gepostet: »Wenn das Herz denken könnte, stünde es still.« Ich zögere die Abfahrt bis auf den letzten Moment hinaus. Insgeheim die Hoffnung, dass sie doch noch absagt... Wieder in die Stadt also. Zug. U-Bahn. Ich bestelle Bier in dem ausgemachten Café und warte. Warum tue ich das? Um mir die Gefühle für J. nicht eingestehen zu müssen? Um... *Die mit dem Wolf tanzt* tritt ein. Unser Gespräch hat einen holprigen Start, weil ich mein Gegenüber kaum verstehe. Auch nicht, als sie mich in einem zehnminütigen Monolog über ihren Profilnamen aufklären will. Spricht sie wirklich so leise oder schlägt sich das Cortison auf die Ohren? Bei jedem Satz muss ich mehrmals nachfragen. Irgendwann lasse ich es und nenne *Die mit dem Wolf tanzt* einfach *Die mit dem Wolf tanzt*. Sie sieht es zum Glück als liebevolles Spiel und nicht als Hörschwäche. Wenn ich die wenigen Bruchstücke und ihre Körpersprache richtig deute, dann lebt *Die mit dem Wolf tanzt* gerade sehr zurückgezogen, wobei ihr introvertiertes und extrovertiertes Ich einen täglichen Kampf ausfechten. Aber gut möglich, dass ich bloß meine eigenen Gefühle auf sie projiziere. Als *Die mit dem Wolf tanzt* eine längere Pause macht, beginne ich mit der Erzählung über mein letztes Jahr: Verlorene Liebe. Abbruch des Studiums. Rückkehr zum Ort meiner Kindheit, um mich ganz dem Schreiben zu widmen... In der nüchternen Nacherzählung wirkt all das nicht wie ein unheimlich mutiger Akt, sondern wie die banale Biografie eines Gescheiterten. Ich bin deprimiert, müde. Nach dem zweiten Bier will ich mich mit einer billigen Ausrede verabschieden, aber da fragt *Die mit dem Wolf tanzt*, ob ich mit ihr in die Bar nebenan gehen will? Sie bestellt Schnaps und setzt sich ganz nah zu mir. Noch immer keine Wärme und der dringende Wunsch, sie nach Hause zu begleiten. Ich denke nur an den mühseligen Morgen danach und mit jedem Schluck steigt das Verlangen, J. nahe zu sein. Es fühlt sich an, als würde ich sie betrügen, als müsste ich ihr auf irgendeine verschrobene Art und Weise treu sein. *Die mit dem Wolf tanzt* lehnt sich vor, öffnet ihren Mund und... Was immer das zwischen J. und mir ist, ich möchte, dass es nicht endet!

∞

Aufwachen. Medikamente. Notizheft. In diesen Momenten ist es unerträglich, keiner geregelten Arbeit nachzugehen. Noch immer Sommerloch auf dem Friedhof, und selbst wenn – so viele Menschen können gar nicht sterben, dass ich nicht an J. denken würde. Ständig starre ich auf mein Telefon. Ich warte, bis sie endlich schreibt. Irgendwas! Irgendein Zeichen von ihr. Die Einsamkeit fühlt sich am unerträglichsten an, wenn man auf einen Menschen trifft, mit dem es anders sein könnte. Nicht einmal mehr das Buch über A. habe ich, um mich abzulenken – nur diese Aufzeichnungen hier.

∞

Ich erzähle Papa von der Annonce des alten Friedhofsbaggers. Gemeinsam fahren wir zur Besichtigung. Über eine Stunde zur anderen Seite der Donau. Der Letztbesitzer hat das Gerät für Erdarbeiten beim Hausbau benutzt. Modell: Spinnenbagger. Vorteil: Die vier Füße lassen sich einziehen, wodurch der Bagger auf 90 Zentimeter Breite zusammenklappbar ist. Nachteil: instabil und unflexibel. Falsch gehandhabt droht die Maschine ständig umzukippen. Und steht sie einmal, kann sie bloß an der ausgerichteten Stelle in die Tiefe graben. Eine romantische Figur quasi: nur ein Abgrund nach dem anderen. Papa ist skeptisch. Er umkreist mehrmals das verrostete Ding, dessen Baujahr in etwa meinem Alter entspricht, und rüttelt an den Schläuchen. Statt zumindest so zu tun, als würde ich mich auskennen, zeichne ich mit den Fingern eine abgeblätterte Aufschrift nach, die gerade noch durch ihren Schattenriss lesbar ist: *Boki*. »Da musst uns noch was draufzahlen für die Entsorgung!«, sagt Papa zum Verkäufer, der zu lachen beginnt und den Satz als Beginn der Verhandlungen sieht. Ich fühle mich unwohl und würde am liebsten jedes Angebot akzeptieren, um so schnell wie möglich aus dieser Situation herauszukommen. »Also... ganz wahrheitsgemäß... der Bagger läuft einwandfrei... erst letztens ein großes Service... und zu dem Preis... wissen S' eh!« Papa handelt eine Gratis-Lieferung aus, dreht sich zu mir und fragt mich, ob ich das wirklich will? Ich nicke und gebe dem Mann eine Anzahlung in bar. *Don Boki und ich? Ich und Bokinova? Don Quitote und Sancho Boki?* Über den Titel unserer Geschichte mache ich mir später Gedanken.

∞

Auf einem Bahnhof, der so groß ist wie eine Stadt. J. und ich wollen nach Paris reisen. Noch einmal trennen wir uns. Ich versuche Tickets zu kaufen. Kein Automat funktioniert. Menschen versperren mir den Weg. Ich komme nicht an ihnen vorbei. Die Zeit wird knapp. Als es fast zu spät ist, treffe ich J. endlich wieder. Ich will mit ihr zum Bahnsteig laufen, aber sie bleibt stehen: aufgelöst – weinend. Jemand aus ihrer Familie hat in Brasilien dubiose Geschäfte gemacht und ist jetzt in Schwierigkeiten. Eine Masse von Menschen drängt an uns vorbei. J. verschwindet. Hektisches Treiben. Ich suche sie überall, aber es ist jetzt so, als wäre ich allein in einer Stadt voller Geister. *Schnitt.* Eingesperrt in einem Museum. Ich laufe und laufe, ohne einen Ausweg zu finden. Die größte Qual wird sein, J. zu verlieren, ohne dass ich es je konnte.

∞

Beim Erwachen nicht mehr gewusst, ob ich die Pillen schon geschluckt habe. War ich bereits wach und saß vor den leeren Seiten? Es ist beängstigend, nicht unterscheiden zu können, was der Realität entspricht. Seit meine Eltern zurück sind, habe ich nicht einmal mehr die Morgenroutinen, um mich zu beschäftigen. Der Hund starrt mich an. Er wedelt mit dem Schwanz und wartet darauf, bemerkt zu werden. Hinaus! Hinaus, sagen seine großen, braunen Augen. Er legt seinen schweren Kopf auf meinen Schoß, seufzt... Ich schicke ihn weg und schreibe weiter belangloses Zeug.

∞

Nachmittag. Ich ziehe mir die Laufschuhe an. Die Beine fühlen sich leicht an, aber nach dem ersten Kilometer beginnt ein Stechen in der Brust. Jeder Luftzug tut weh. Ich würde mich am liebsten in den Fluss stürzen. Ein Kribbeln in der linken Hand. Herzrasen. Panik. Ich lege mich ins Gras. Erst nach drei Minuten komme ich wieder etwas zu Kräften. Statt zurückzugehen, laufe ich weiter. Jetzt schmerzen meine Füße. Fünf Kilometer und ich breche zusammen. Die Knie, meine Gelenke, mein Kreislauf: alles im Arsch. Seit meiner Kindheit spiele ich Fußball, aber jetzt auf einmal bekomme ich Krämpfe an Stellen, die ich bisher nicht kannte. Zurück zu Hause starre ich lange in den Spiegel. Wer ist dieser Mensch? Falten um die Augen. Das letzte bisschen Jugend erlischt. Anzeichen des Alters. Meine Haut rot, trocken. Ich sage mir, es sind die Medikamente, aber sie verstärken nur, was unaufhaltsam ist. Als ich mich zur Seite drehe, merke ich, dass ich einen Ausschlag auf dem Rücken habe. Noch nie habe ich mich so schäbig gefühlt. Mein Körper ist endgültig zum Schlachtfeld meiner Dämonen geworden.

∞

Spaghetti am Abend. J. schreibt, dass sie endlich in ihrer Wohnung angekommen ist. Nach einem harten Tag im Büro liegt sie jetzt in der Badewanne, trinkt ein Glas Wein und hört etwas Musik. Ich schalte dasselbe Lied ein, um das Gefühl zu haben, bei ihr zu sein. »Hast du noch Platz für *Moby Dick*?«, frage ich mit Anspielung

auf mein Äußeres und die Symbolik des Romans, ohne dabei an die herkömmlichste aller Interpretationen zu denken. »Ich steh' eher auf *Free Willy*«, antwortet J. zum Glück, bevor ich die Bedeutung meiner Worte zerdenken kann.
»Was machst du gerade?«
»Ich schwimme in meinem Gedankenmeer dahin.«
»Wohin schwimmst du da?«
»Zur Unmöglichkeit, also ganz nah zu dir.«
J. schickt mir ein Bild aus ihrer Badewanne: eine Schaumburg und im Hintergrund ihr nacktes Bein. Das zwischen uns darf niemals sein und doch... »Ich wäre jetzt gern bei dir«, sind meine letzten Worte an J., bevor ich mit ihr einschlafe.

∞

Aufwachen. Medikamente. Vor dem Spiegel drehe ich mich auf die Seite. Mein Nacken ist durch die Wassereinlagerungen einem Buckel gewichen. Physiognomiestatus: Quasimodo. Wann genau ist das passiert? Ständig greife ich mir ins Gesicht. Meine Wangen spannen. Um zu den Backenknochen zu gelangen, muss ich einen Polster eindrücken. Ich blicke zu meinem Mondgesicht, aber die Gezeiten wirken nicht auf mich. Alles, was ich an meinem Körper als Ich bezeichnet habe, verschwindet langsam. Den Menschen, der ich war, fühle ich nicht mehr, und ich kann die rasenden Veränderungen sehen. Da ist nur noch eine Hülle, in der das Feuer brennt und brennt und brennt...

∞

Vielleicht muss ich mein verändertes Äußeres als Möglichkeit sehen? Male mich weiß an und bewerbe mich als das Maskottchen eines französischen Reifenherstellers? Starte eine Rund-und-g'sund-Kolumne? Schreibe ein Tagebuch über meine Krankheit mit dem Titel: *Morbus Boeck und das Cortisonmonster-Ich*? Galgenhumor ist eines der ersten Dinge, die man auf dem Friedhof als Überlebenswerkzeug lernt.

∞

Zur Hausärztin. Neue Rezepte und die Überweisung für die nächste Computertomografie. Ich zeige ihr den Ausschlag auf meinem Rücken. Er wächst punktuell und reicht bereits bis zur rechten Schulter. »Wahrscheinlich durch das Cortison«, spricht sie aus, was ich vermutet habe. Sie macht ein Foto, um es einer befreundeten Dermatologin zu schicken. Von der Form her: Schnitzel mit Sonnenbrand. Appetitlich sieht anders aus. Es ist seltsam. Eine einzige Diagnose zieht einen solchen Schwall an Behandlungen mit sich, als wäre jetzt der Damm für alles andere gebrochen. Ich war nie ein guter Bauer, aber anscheinend habe ich einen grünen Daumen für Krankheiten. Nach Hause. Heißhunger. Ich will mir bloß ein Brot mit Leberaufstrich schmieren, aber fresse den ganzen Kühlschrank leer. Was, wenn ich dieses Lungenröntgen nie gemacht hätte? Was, wenn ich nichts von diesen *Totengräbern* in mir wüsste? Vielleicht wären sie wirklich von alleine verschwunden, wenn ich nicht so viel Zeit und dunkle Gedanken an sie verschwendet hätte!

∞

Ich möchte J. von meinen Leiden schreiben, aber lasse es lieber. Sie soll mich nicht als dieses gebrochene Wesen sehen, sondern genau so, wie wir uns bei der Hochzeit erlebt haben: in dieser Euphorie, mein allererstes Buch geschrieben zu haben. In dieser unerträglichen Leichtigkeit des Seins. Endlich befreit von aller Sehnsucht. War das bei der Hochzeit und gemeinsam mit J. der Mensch, der ich wirklich bin? Kann ich nur mit ihr so sein? J. schreibt, ob ich mich an unseren Kuss überhaupt erinnern könne, weil ich schon so betrunken gewesen sei? Ich reagiere ausweichend und antworte: »Vom ersten Augenblick an war ich dir verfallen und wollte dich küssen.« – »Wirklich? Du übertreibst schon wieder! Im Zug hast du mich doch gar nicht bemerkt!« J. erzählt, wie ich sie kurz vor unserem Kuss angesehen hätte, wie ich mir auf die Unterlippe biss und... In ihren Worten sehe ich unseren gemeinsamen Tag wie einen Film vor mir, während meine eigene Erinnerung in einem undurchdringbaren Schleier gefangen ist. Ich schreibe J., wie bezaubernd sie war, wie schön, wie wundervoll, wie... »Du idealisierst mich!«, antwortet J. und damit durchschaut sie mich natürlich. Ich habe es am Anfang nicht getan, aber tue es jetzt – in jedem Moment, der vorbeigeht. Unser Kuss, ihre Blicke, ihr Lachen, all das wird zu diesem mystischen Widerhall meiner sehnsüchtigen Seele. Als würde ich durch sie alle verpassten Chancen mit A. zurückgewinnen.

∞

Zum Friedhof. Wieder nicht graben. Bloß eine Urne. Die Frau war mit ihrem Mann im Scheidungskrieg, als die Krebsdiagnose kam. Bis zu ihrem Tod ging sich die offizielle Trennung nicht aus. Jetzt ist er Witwer. Seltsame Stimmung. Die Kinder weinen nicht. Aufbahrungshalle.

Der junge Nachrufredner tritt ein. Langsam schleicht sich die Routine bei ihm ein. Er spricht von einem Leben, das der ständigen Fürsorge anderer gewidmet war, und als die Frau endlich den Schritt heraus wagen wollte... *Schiffgedicht.* Ich bekomme mein Zeichen und gehe den grauen Teppich entlang. Vor der Urne verbeuge ich mich und führe den Trauerzug an. Nach der Zeremonie entschuldigt sich der Bestatter förmlich, dass gerade so wenig los sei. Mein Körper hat ganz vergessen, wie sich das Graben anfühlt. Leberknödelsuppe. Schnitzel.

∞

Zum Bahnhof. Im Zug schreibe ich J. und wir kommen schnell ins Gespräch. Sie analysiert mich, fragt, ob ich alles aufschreiben würde, was mir passiert und was ich beobachte, und ob ich wirklich so intensiv über mein Leben nachdenke, wie ich es im Buch über A. geschrieben habe? Tue ich das? Ich sei wohl kein Mensch für *kurz einmal ein bisserl.* Wahrscheinlich! Alles muss ich auf die Waagschale legen und ein ständiges Exerzitium vollführen. Warum ziehe ich alles Vergangene in jede meiner Gegenwarten? Unser Dialog endet damit, dass ich gedankenverloren vor dem Diagnosezentrum stehe und die letzte Nachricht von J. lese: »Einerseits ist es ja schade, dass du nicht näher wohnst, andererseits weiß ich nicht, ob ich der Versuchung widerstehen könnte und dich einfach in eine dunkle Ecke...« Computertomografie. Ich finde meine Bewilligung nicht. Zum Glück kann ich sie nachreichen. Prozedere wie immer. Ich werde von einer jungen Assistenzärztin in den Durchzugsraum gerufen und soll mein Hemd ausziehen. Wieder die Spiegel von allen Seiten. Das Gesicht aufgeschwemmt vom Cortison und jetzt teilweise überzogen mit roten Punkten. Ich sehe an mir herunter: die

Hindenburg kurz vor der Katastrophe. Furchtbar! *Klopf. Klopf. Klopf.* Die Tür geht auf. Hinein in die Röhre. Kein Kontrastmittel. Kreiseln, klacken: die harten Töne der Maschine auf Schattensuche. »Halten Sie die Luft an und...«

∞

»Der pulmonale Befall im Rahmen der Sarkoidose gering rückläufig mit weiterhin Konsolidierungen an unveränderter Lokalisation und kleinnoduläre Verdichtungen. Die mediastinale/hiläre Lymphadenopathie ohne erkennbare Dynamik«, lese ich im Befund. Das Cortison scheint zu wirken, soweit ich dieses Arztkauderwelsch verstehe. Der Schatten ist rückläufig und doch bin ich am Boden zerstört. Wie durch ein Wunder, dachte ich, würde die Krankheit einfach verschwunden sein und all das war nur ein böser Traum. Mit meinem üblichen Depri-Mix im Ohr, den ich seit meiner Zugzeit mit A. kaum aktualisiert habe, ziehe ich durch die Stadt und erschrecke vor jedem Schaufenster. Bier in einer Bar. Nach den ersten Schlucken leicht berauscht, schicke ich J. alte Fotos von mir. Ihr gefallen alle, auf denen ich lache. »Warum haben wir uns nicht viel früher getroffen? Wo warst du, als ich 17 war?«, fragt J. rhetorisch. Ich antworte trotzdem: »Glaub mir, du hättest mich echt nicht gemocht. Schon damals war ich etwas komisch und... wir wären wohl einfach aneinander vorbeigelaufen.« Beim Schreiben mit mir, schreibt J., fühle sie sich gerade wie ein Teenager. Aber es sei ihr egal. In einem Paralleluniversum würde sie mich packen und mit mir nach Paris verschwinden, wo wir... Wir exerzieren alle Klischees durch. Ich weiß! Aus der Distanz werde ich vielleicht irgendwann einmal den Kopf darüber schütteln, aber jetzt! Jetzt gerade fühle ich so. Genau so! Ich kann J. überall an meinem Körper spüren – so viele Kilometer voneinander entfernt – vielleicht ein ganzes Leben.

∞

Im Bett wälze ich mich hin und her und finde einfach keinen Schlaf. Ich muss die Sache mit J. rational betrachten:

1. Sie hat einen Freund.
2. Ich wohne am Arsch der Welt.
3. Sie wohnt am anderen Arsch der Welt.
4. Ich bin Totengräber und Möchtegernschriftsteller, ohne reguläres Einkommen oder Sicherheiten.
5. Sie hat ihre Familie, Arbeit, ein ganzes Leben...
6. Ich... wer weiß, wie lange es dieses Ich noch gibt.
7. Sie ist viel zu schön, um mich zu lieben.
8. Ich habe sie nicht verdient.

∞

Was erhoffe ich mir von J.? Dass sie mich rettet? Mich vor mir selbst schützt? Mich aus dem Gefängnis meines Weltschmerzes befreit und mich zu einem liebesfähigen Wesen erzieht? *Pygmalion? My trendy Totengräber?* Blödsinn. Sobald ich J. brauche, kann ich sie unmöglich lieben.

∞

Sonntag. 10 Uhr. Aufwachen. Medikamente einwerfen. Boki kommt. Gemeinsam mit seiner Familie verbindet der Verkäufer die Lieferung mit einem Ausflug. Wir unterzeichnen die Papiere. Ich gebe ihm das Geld in einem Kuvert und er fährt wieder. Noch immer kein Begräbnis in Aussicht, also Probebaggern im Hühnerauslauf, wo Mama einen Baum setzen möchte. Ich starte die Maschine, wie es mir gezeigt wurde: Joker raus. Schlüssel umdrehen. Etwas Gas. Der Motor tut sich schwer, aber schafft dann doch die Zündung. Dicke Wolken durch den Auspuff. Ich stelle mich völlig ungeschickt an, aber meine Eltern sind zum Glück nicht da. Die vier Füße in die Höhe. Der Spinnenbagger fährt auf drei Gummirädern und ich ziehe ihn wie einen Handhubwagen nach. Bei jeder kleinen Unebenheit droht die Maschine umzukippen. Mein Herz schlägt höher. Schweißausbruch. Am ungefähr richtigen Platz richte ich den Bagger ein. Füße runter, sodass Boki nach allen vier Seiten sicher steht. Anheben. Das Führerhaus in die Waage bringen. Ich gebe mehr Gas, damit ich den Motor nicht abwürge. Der Auspuff glüht. Hitze. Noch einmal kontrolliere ich alles und setze mich zu den Hebelschaltern. Die Bilder mit den Pfeilen und Symbolen sind abgekratzt. Eine Betriebsanleitung gibt es nicht. Also *trial and error*. Meine ganze Kindheit auf dem Bauernhof war so. Leider mehr Fehler als Versuch. »Mach einfach!«, sagte Papa, als er mich zum ersten Mal auf einen Traktor setzte. Ich machte – und er musste ihn reparieren lassen. Ich ziehe den ersten Hebel zu mir und der Ausleger fährt nach oben. Die Hühner werden hysterisch. Das ganze Gerät wackelt, kracht. Nach drei Versuchen finde ich endlich einen Weg, um den Arm bis zum Boden zu senken. Ich öffne die Schaufel und schließe sie wieder, aber kratze dabei kaum an der Oberfläche. Noch ein Versuch. Den Hebel drücke ich jetzt bis zum Anschlag durch. Öl spritzt mir ins Gesicht. Statt aufzuhören, mache ich einfach weiter, bis der Schlauch reißt. Die Hühner, Boki und ich: *101 Dalmatiner*. Der Motor stirbt ab. Ich drehe den Schlüssel um. Nichts.

Wie wild trete ich gegen diesen verschissenen Schrotthaufen, schlage mit einem herumliegenden Eisenrohr auf ihn ein und schreie, schreie, schreie... Völlig aufgebracht lasse ich mich unter einen Baum fallen. Augen zu. Tief durchatmen. Zurück zu Boki. Joker raus. Zumindest im Ansatz regt sich etwas bei der Zündung. Der Motor läuft langsam wieder an. Dumpfes Gluckern. Minutenlang bläst er Rauchschwaden durch den Auspuff. Die Hühner verschwinden in einem einzigen Abgasnebel. Oma bekommt die nächsten Wochen nur geräucherte Eier. Kann es noch schlimmer werden? So schnell wie möglich baue ich den Bagger wieder ab. Ich ziehe ihn in die dunkelste Ecke, die ich im ehemaligen Schweinestall finden kann, und decke Boki mit einer Plane zu. Mein Körper funktioniert nur noch unter Schock und auf Adrenalin. Bevor meine Eltern von ihrem Ausflug zurückkommen, grabe ich mit der Hand das Loch für den Baum. Ich schwitze fürchterlich. Bei der Kaffeejause am späten Nachmittag fragt mich Papa, wie das Baggern war? »Geht eh«, antworte ich beiläufig. Hoffentlich stirbt nie wieder jemand, damit ich ihm nicht die Wahrheit sagen muss.

∞

Im Bett... *J. schreibt*... Sie schickt mir ihr Lieblingssonett von Shakespeare, das sie in ihrer Schulzeit auswendig lernen musste. Von Herz und Auge erzählt es. Vom Einprägen der Schönheit, um sie für die Ewigkeit festzuhalten. Und von der Liebe, die nicht nur das imaginierte Bild einer Person braucht, sondern auch die Lust, um den Hunger zu stillen. Zumindest interpretiere ich das so. »Was ist dein Lieblingssonett von Shakespeare?«, fragt mich J. Ich kenne keines, also beginne ich zu suchen. »Mein Auge spielt den Maler, und es stellt dein Bild auf meines Herzens Staffelei«, antworte ich einige Minuten später. Welche Anziehungskraft und Erotik liegen in den Worten? Meine Sinne sind so benebelt, dass alles möglich erscheint. Im Schreiben mit J. verliere ich jede Kontrolle über meinen Körper und ich spüre den Hauch ihres Atems auf meiner Haut – zittere, vibriere, bis ich... K. fragt, ob ich zum Klassentreffen komme?

∞

Termin beim Lungenfacharzt. Anmeldung. Fragerunde. In den Glaskasten. Wartezimmer. Verschlossene Fenster. Kaum Luft. Reizhusten und Sauerstoffflaschen. Ich möchte J. von meinen Träumen schreiben, aber meine Augen fallen immer wieder zu. In meinem Kopf verschwimmen die Bilder der Nacht mit dem Jetzt. Mein Name wird aufgerufen. Ich schrecke hoch und gehe benommen in die Ordination. Ohne mich anzusehen, fragt mich der Doktor: »Wie fühlen Sie sich heute?« – »Aufgeschwemmt wie eine Wasserleiche«, antworte ich nicht ohne Ironie, und als ich merke, dass mein Gegenüber zu lachen beginnt, steigere ich mich in einen lustvollen Leidensmonolog hinein, als hätte ich die Pflicht, ihn damit zu unterhalten. Auf seinem alten Computer sieht sich der Arzt die neuen Bilder an. Er hebt seine Brille von der Nase und geht ganz dicht an den Röhrenbildschirm heran. Durch den Lichteinfall erkenne ich nur Staubkörner. »Das hier sind die alten Bilder und hier auf der rechten Seite: die aktuellen. Wie Sie sehen können, lösen sich die dichten, weißen Flächen etwas auf. Und auch, wenn wie hier kleinere Flecken dazugekommen sind, sollte uns das nicht weiter beunruhigen. Ihre Lungenfunktion scheint sich zu verbessern. Also ich würde vorschlagen, wir setzen die Therapie so fort und in einem Monat sehen wir einander wieder zur Verlaufskontrolle. Computertomografie, neue Blutwerte, Lungenfunktionstest: alles wie gehabt. Wo sind wir denn gerade mit der Medikation?« – »75 mg.« – »Wunderbar! Dann probieren wir es jetzt mal mit zwei Tabletten pro Tag. Noch irgendwelche Fragen?« Wann hört all das auf? Wann bin ich wieder gesund? Wann bekomme ich mein Gesicht zurück? Wann werde ich mich wieder wie ein normaler Mensch fühlen? Wann...? Während der Doktor das Rezept für das Cortison ausstellt, rasen die Fragen und Zweifel der letzten Wochen durch meinen Kopf. Sind all das nicht nur banale Befindlichkeiten und pure Eitelkeit mein Äußeres betreffend? Schauen Sie, zu welchem Monster Sie mich gemacht haben! Sehen Sie das nicht?, will ich den Arzt anschreien, aber ich schaffe es nicht. Die einzigen Worte, die ich mit gebrochener Stimme noch vortrage, sind: »Gibt es nichts, was ich sonst noch tun könnte? Irgendetwas?« – »Leben Sie. Atmen Sie. Verlassen Sie ab und zu Ihren Kopf, und vor allem: Bewegen Sie sich. Wenn wir uns nicht bewegen, sind wir tot«, sagt er mit einem Lächeln, und ich denke: Das wären ziemlich blöde Worte für ein Ende.

∞

Oma Eier liefern. Kaffee und Marillenkuchen. Ständig steckt sie mir Adressen von Alternativmedizinern zu, die sie von ihren Strickdamen bekommt. »Es muss andere Behandlungsmethoden geben«, sagt sie. Ich habe eine Diagnose für eine Krankheit, die mich erst in der Behandlung krank macht. Das Paradox meines Lebens und Schreibens vielleicht.

∞

Aufwachen. Medikamente. Erstmals zwei Pillen. 50 mg Cortison. Mein Herz pocht schwer. Entfaltet sich nun wieder der ganze Nebenwirkungsschwall? Oder... Bevor ich das Schlimmste befürchte, sehe ich lieber den eingebildeten Kranken in mir. Unmöglich, nicht zum Telefon zu greifen. Ich schreibe J., aber lösche die Worte sofort wieder. Ich schreibe nur, um ihr zu schreiben. Ich schreibe, damit – falls sie unseren Gesprächsverlauf jetzt öffnet – dort stünde: *M. schreibt...* Und genau das schreibe ich J. jetzt – und lösche es wieder. Ja! So weit ist es mit meinem Wahn für sie gekommen... *J. schreibt...*, aber es kommt keine Nachricht an. Ich sehne mich nach ihren Worten und weiß: Sobald ich ihr sagen werde, dass jede Beziehung, die ich geführt habe, an A. gescheitert ist, dann wird J. eine Möglichkeit für uns nicht einmal ansatzweise in Betracht ziehen.

∞

Nachricht an den Verlag. Ich möchte endlich Gewissheit haben, ob das Buch über A. gut genug ist. Um nicht aufdringlich zu wirken, bastle ich an allen möglichen Formulierungen. Jedes Wort klingt banal, abgedroschen. Wer will schon einen Roman eines Totengräbers lesen, der sich auf 200 Seiten in einer verkitschen Vorstellung von Liebe verliert?... *J. schreibt...* Sie fragt, was ich gerade mache. J. – mehr ist da gerade nicht. Immer nur sie. War nicht das Ziel des Buchs, mich von alldem zu befreien? Stattdessen liegt jetzt alles wieder offen.

∞

Tag der offenen Tür in der alten Schule. Danach Klassentreffen. Wieder steige ich in diesen Zug, den ich seit A. nicht verlassen habe. Gedankenverloren kritzle ich in mein Notizheft. Genau hier hat alles begonnen, aber der Weg ist ein anderer jetzt. Der versiffte Südbahnhof ist einem sterilen Hauptbahnhof gewichen. Ich stehe vor den verglasten Schaufenstern und frage mich, wohin all die gebrochenen Existenzen verschwunden sind, die ihren letzten Zufluchtsort in den schattigen Ecken suchten? Kein Raum. Kein unbeleuchteter Winkel mehr für sie. Wohin der von den Tauben vollgeschissene Fernsehkasten, in dem – zu einem unerträglich lauten Ticken, als würde sich die Zeit darin selbst materialisieren – ein Kunstauge sein Lid schloss und wieder öffnete, während man den Fahrsteig Richtung Süden nahm? Wohin das Gängelabyrinth im Keller, das stets im *Lost and Found* seinen Ausgang fand? Wohin das Beige der Marmorsteine? Wohin das Licht, das nicht mehr durch die matten Fenster bricht? Wohin all diese Orte, die ich mit der Sehnsucht zu A. überschrieben habe? Wohin...? Bin ich alt genug, um nostalgisch werden zu dürfen? Als ich das erste Mal in den Zug stieg, durfte man in gewissen Abteilen noch rauchen. Es waren die einzigen Wagons, die im Morgenbetrieb freie Plätze hatten. Hinein in den Nebel, während draußen die Sonne langsam aufging. Verraucht, verstunken, mit brennenden Augen – so hatte ich A. das erste Mal gesehen. Unter den schlimmsten Umständen drang sie in mein Leben wie ein Lichtstrahl in die Dunkelheit meiner Seele... *Aufhören!*... Drei Sekunden hier und ich werde wieder zu einem lyrisch-romantischen Befindlichkeitsliteraten der schlimmsten Sorte... Die letzten Stationen. Seit dem Ende der Schulzeit war ich nicht mehr hier. Vom Bahnhof den Bach entlang und da das umfunktionierte Schloss. Nichts hat sich verändert. Mit meiner miserablen Deutschnote im Abschlusszeugnis wäre ich nirgends sonst aufgenommen worden und landete fünf Jahre hier als Quotenbursche in einer höheren Lehranstalt voller

Mädchen. Es hätte ein Paradies sein können, aber alles, woran ich mich erinnere, sind die wenigen Momente im Zug mit A. Im Fenster des Eingangs sehe ich die Spiegelung meines Gesichtes und drehe um. Nicht ein Stück habe ich mich seit damals weiterbewegt.

∞

Mitternacht. K. ruft an. Ich hebe nicht ab. »Wo bist du?«, schreibt sie und ich antworte, dass ich krank sei – weder gelogen noch die Wahrheit. Seit Tagen merke ich, wie sich eine Verkühlung einschleichen will, aber es können auch wieder nur die Medikamente sein. Mein Körper reagiert auf die erneute Reduktion der Dosis mit Hitzewallungen. »Ich habe dich gewarnt«, schreibt K. und denkt, dass mein Nicht-Erscheinen mit J. zu tun hat. »Vergiss sie einfach! Bei mir ging das ja auch ganz schnell.« K. scheint betrunken. »Du weißt, das ist nicht wahr«, antworte ich. »Und wenn ich mich genau erinnere, hast DU mich verlassen!« Hat K. mich vielleicht nur zur Hochzeit eingeladen, damit ich...? Denkt sie wirklich noch *so* an mich? »Ich habe dich sehr geliebt«, schreibt K. jetzt. »Vielleicht mehr als mir lieb war, aber irgendwann...« Lange nichts. »Was?«, antworte ich ungeduldig. »Dein Schweigen ist lauter als jeder Schrei.«

∞

Der Bestatter ruft an. Kein Toter für mich. Ich soll als Sargträger aushelfen. Die schwarze Uniform spannt so sehr, dass ich kaum Luft bekomme. Ich fühle mich unwohl. Niemand soll mein Gesicht sehen, das nicht mehr meines ist. So tief wie möglich ziehe ich die schwarze Kappe hinunter, doch die Blicke und Gedanken der Leute werden unüberhörbar: »Ganz schön lässt er sich gehen!« – »Bald der Nächste im Holzpyjama...« Während die Trauerfeier in der Kirche läuft, sehe ich mir das Grab an. Der Totengräber hat die Erde links und rechts aufgeschüttet. Um den Sarg hinabzulassen, müssen wir auf die Hügel steigen. Es ist eine längst veraltete Technik. Weiß er es nicht besser oder gibt es selbst beim Graben eine Tradition, die in diesem Dorf nicht gebrochen werden darf? Ich überlege kurz, ob ich Missionar spielen soll. Nein! Nichts ist schlimmer als Besserwisser, die einem das eigene Handwerk erklären wollen. Hinein in die Kirche. Auf dem Weg zum Grab beginnt der Sturm. Regen. Ich zittere. Wir lassen den Sarg mit den Seilen hinab, während die Vereinskameraden im Chor *De Kinettn wo i schlof* von Wolfgang Ambros für den Verstorbenen singen. Durchnässt ins Wirtshaus. Drei Bier und Schnaps. Zu Hause unter die warme Decke. Ich fühle nur Kälte. »Passen S' ein bisserl auf. Das Cortison greift auch das Immunsystem an«, höre ich die Stimme des Lungenarztes jetzt.

∞

Aufwachen. Medikamente. Meine Stirn glüht. Zurück ins Bett. Ich spare mir den Besuch bei der Hausärztin, die mir wieder nur Antibiotika verschreiben würde. Das tägliche Cortison reicht. Mehr Gift vertrage ich nicht. Das Telefon vibriert. J. will wissen, wie mein Tag war, und ich erzähle ihr von meiner Verkühlung. – »Ich würde mich ja jetzt neben dich legen und dich gesund...« Wieder und wieder lese ich mir unseren Nachrichtenverlauf der letzten Tage durch. Ich weiß, es darf nicht sein. Aber warum fühlt es sich dann so gut an?

∞

Aufwachen. Medikamente. Fieberträume. Und ich kann nicht anders, als J. davon zu erzählen:

Habe vom Meer geträumt.
Eine Bucht mit Palmen,
die aus Felsen ragen.
Endlose Sanddünen,
fast weiß, und dann
dieses Blau im Kristallrauschen.

Ich wollte dir ein Bild schicken,
aber hatte nichts an mir
– außer den Wind.

Und dann warst du da.
Ich legte die rechte Hand um dich,
bis mein kleiner Finger
deinen Rücken berührte.
Für den Bruchteil einer Sekunde
spürte ich dich, die Wärme
deines sonnengeküssten Körpers, bis...

Hellwach kurz nach drei.
Unmöglich, noch an Schlaf zu denken.

Den ganzen Tag über antwortet J. nicht. Egal, wie lange ich auf dieses Telefon starre. Am Abend eine Nachricht: »Ich hoffe, du träumst noch oft von mir...« – »Es geht gar nicht anders – dich zu träumen ist mein Atem.«

∞

Aufwachen. Medikamente. Wieder bin ich hier. Wieder im selben Dilemma. Ich liege im Bett und warte wie ein Abhängiger auf den nächsten Schuss: *Nachricht von J.*

Was nützen all die Abhandlungen über die Liebe, wenn ich nicht ihre Hand halten kann? Wieder diese Muster, in die ich falle. Ich gebe mich wie nichts sonst dem Aussichtslosen hin. Wer weiß, was ich für sie bin? Ein kurzer Schwächeanfall? Eine unschuldige Versuchung, weil es gerade in ihrer Beziehung nicht so rund läuft? Vielleicht bin ich auch für nichts anderes zu gebrauchen. Wenn ich J. schreibe, werfe ich mit großen Worten um mich, aber habe ich sie je gelebt? Es macht mich verrückt. Weder weiß ich, was ich fühlen darf, noch was ich fühlen soll. Möchte dieses zarte Band zwischen uns nicht verlieren und weiß doch, dass es mit jeder Sekunde schwieriger wird, sie gehen zu lassen. J. und ich treffen aufeinander wie zwei Kometen. Nur jetzt zum ersten und zum einzigen Mal in dieser Konstellation. Nur einmal sind wir so wunderbar und nur einmal ziehen wir mit unserer Anziehung diesen zerstörerischen Schweif nach uns, der alles in Schutt und Asche legen wird.

∞

Aufwachen. Medikamente. J. möchte wissen, warum ich mich für sie interessiere. Sie versteht nicht, was genau mich so an ihr fasziniert. Ich schreibe von ihrem Lachen, ihrem Strahlen, ihrer Wärme, die sie allen schenkt, die sich in ihrer Nähe aufhalten, und dass es unmöglich sei, sie nicht zu lieben, während ich... Ich kann mich nicht mehr zurückhalten und erzähle J. von der Cortison-Therapie und dass sie mich wohl gar nicht mehr wiedererkennen würde, wenn wir uns... J. denkt, dass ich übertreibe, und ich schicke ihr ein Foto von Jabba the Hutt. »Es ist mir egal, wie du aussiehst«, antwortet sie. »Und! – Ich mach mich grandios im goldenen Bikini!« Ich lache. Es reicht eine einzige Nachricht von J. und ich möchte am liebsten die Welt umarmen. »Wenn wir uns wiedersehen würden, dann hätte ich Angst, dass es mich einfach zerreißt, sobald ich dich berühre«, schreibe ich ihr. »Den Urknall müssen wir wohl einfach riskieren!«

∞

Aufwachen. Medikamente. Ich schwitze fürchterlich. Beide Seiten der Decke durchnässt und ich bade in meinem eigenen Schweiß. Welche Kräfte wirken da gerade in mir? Cortison vs. Immunsystem. Sehnsucht vs. Liebe. Godzilla vs. Kong... In einem Moment von Nüchternheit schreibe ich J.: »Du musst mir sagen, wenn ich aufhören soll, dir zu schreiben. Ich selbst verliere gerade jede Kontrolle.« Sie antwortet mit einem Lied: »Ne me quitte pas.«

∞

Aufwachen. Medikamente. Ich versuche ein paar Schritte mit dem Hund im Wald zu spazieren, aber muss auf halbem Weg umdrehen. Zurück ins Bett. K. schickt mir einen Link zu den Hochzeitsfotos. Ich gehe sie alle durch, bis ich endlich ein Bild von J. finde. Sie lacht. Ihre Augen strahlen. Ich stehe abseits und bin nur als verschwommener Schattenriss im Hintergrund wahrnehmbar. Wie im Rausch beginne ich Gedicht für Gedicht an J. zu schreiben. Sind es Gedichte oder ist es bloß der ausgekotzte Beuschelsalat meiner Sehnsucht? Auf der Schreibmaschine tippe ich die Worte für sie ab und schicke ihr ein Foto davon. Ich bombardiere J. mit Liebesversen und sie antwortet den ganzen Tag nicht. Warten. Warten. Warten. »Verliebt ist derjenige, der wartet«, lese ich in *Fragmente einer Sprache der Liebe* von Roland Barthes. Nanonaned! Wann leuchtet endlich dieses scheiß Telefon? Hitzeschübe. »Noch nie hat für mich jemand ein Gedicht geschrieben!«, schreibt J., als es dunkel wird. Ich werde nur noch Gedichte für sie schreiben.

∞

Aufwachen. Medikamente. Wenn ich schlafen könnte, aber da sind nur meine rasenden Gedanken und die quälende Nacht. Wie viele Stunden liege ich wach, ohne zu wissen, wie viele Minuten davon ich wirklich abtauche? Der Übergang muss gleitend sein – weder da noch dort finde ich Ruhe. Ich führe erdachte Dialoge mit ihr. Höre ich ihre Stimme in meinem Kopf oder ist das wirklich sie? Wieder pathetische Worte an J. Sie reagiert nüchtern: »Ich mag dich wirklich, aber wir müssen das zwischen uns langsam auf eine platonische Ebene ziehen.« Wieder Platon. Pff. »Platon ist zuckerfreies Eis«, antworte ich gereizt. Nein, ich möchte nicht *ihr guter Freund* sein, möchte ihr nicht schreiben, wie es mir geht. Oder wie ich mich fühle. Ich möchte sie mit Haut und Haar. »Aber wenn wir so weitermachen, dann breche ich dein Herz!« – »Manchmal frage ich mich, ob da überhaupt noch etwas zu brechen ist... und manchmal glaube ich, du hast etwas geweckt, das ich so lange ignoriert habe, und jetzt erst sehe ich wieder, was sein könnte.« Ständig spricht J. von einem Paralleluniversum mit mir... *Paris. Eine andere Welt. Ein anderes Leben...* Ich kann also nichts anderes als Fiktion für sie sein. So, wie man sich während des Lesens in den Charakter eines Buches verliebt, denkt, ihn ganz nah bei sich zu haben, bis man durch ist und irgendwann die Worte an Strahlkraft verlieren, weil sie nie ins Leben überschlagen. »Gute Nacht«, schreibt J. und ich bombardiere sie weiter mit haltlosen Nachrichten. Warum ist sie plötzlich so nüchtern? Keine Antworten mehr. Diese heutige Zeit ist furchtbar. Alles verkürzt sich. Auch der Wahn. Hätte ich ihr damals ein Bild oder ein Gefühl in einem Brief senden wollen, dann wäre da dieses tagelange Warten voller Hoffnung. Und jetzt? Es gibt kein Warten mehr, keine Dramaturgie, also keine Liebe... »Die Liebe ist tot«, würde jetzt so ein Ist-Satz-Faschist schreiben. Keine Ahnung, ob es wahr ist. Ich weiß nur, ich will unmöglich daran glauben.

∞

Aufwachen. Medikamente. Gedichte. Mein Herz klopft wie wild. Es fühlt sich an, als wäre ich ein trunkenes Schiff auf Wellengang. Bin das ich oder sind es die äußeren Dinge? Von Sehnsucht zerfressen bitte ich... nein... ich zwinge J., mir irgendetwas *Schiaches* über sich selbst zu schreiben, damit mein rosaroter Blick erschüttert wird. J. beginnt von der *Realität* zu reden. Ihr Freund hat gesehen, was ich ihr geschickt habe. Seit einigen Tagen versuche sie, mir nicht mehr zu antworten, aber tue es jetzt aus mangelnder Disziplin doch. Es sei ein Fehler gewesen, sich mit mir so gehen zu lassen. Sie bereue es nicht, aber sie dürfe einfach nicht so gierig sein und müsse sich darauf besinnen, was sie hat. »Wenn du dich nur durch meine Augen sehen könntest!« Es sind die immer gleichen Worte des Abschieds. »Sei gierig«, antworte ich aus Trotz. – »Zwei Männer sind meist einer zu viel.« So endet es also. In der Banalität einer Feststellung. Ja! Ich weiß. Ich bin dieses *zu viel* – immer.

∞

Aufwachen. Medikamente. Die Morgen gleichen sich. Da sind dieses Verlangen und dieser Schmerz, während ich die letzten Momente der Wärme unter der Decke auskoste, wo ich J. noch ganz nah bei mir fühle. Was kann ich jetzt noch tun? Um sie kämpfen? Zu ihr fahren, ohne eigentlich zu wissen, wo sie genau wohnt? Eine große Szene verursachen? Für sie *zum Mann werden* und mich meinem Widersacher stellen? All das klingt fürchterlich und doch: Ich möchte zu J., möchte mich endlich meinem Narrentum ganz hingeben. Ich weiß, dass ich nur bei ihr ankommen und Ruhe finden kann... Wieder diese Absolutsätze, die ich auf eine Person fixiere. Ich stehle einem anderen die Liebe. Mehr ist es letztlich nicht... Ständig frage ich mich, wo J. gerade ist, was sie macht, was... Denkt sie an mich? Ist das jetzt noch Liebe oder reine Eifersucht? Ich weiß es nicht. Noch nie habe ich so gefühlt.

∞

Aufwachen. Medikamente. Ich wälze mich im Bett von einer zur anderen Seite und alles, woran ich denken kann, sind Zugverbindungen. Ich schreibe J., dass ich zu ihr kommen werde. »Du weißt, das geht nicht. Ich habe einen Freund!«, antwortet sie sofort. Ich belagere J. mit Gedichten. Keine Antwort. Wie machtlos sind Worte, wo sie doch alles für mich sind? J. schreibt: »Es tut dir nicht gut, mir zu schreiben. Ich möchte dir echt nicht wehtun. Es zerreißt mich doch auch...«

∞

Aufwachen. Medikamente. Die Verkühlung klingt ab. Ich trinke Tee. Esse Obst. Koche Gemüsesuppe. Noch lange nicht gesund, aber ich lasse mich trotzdem dazu hinreißen, als Tormann beim Reservematch auszuhelfen. Keine Sekunde halte ich es länger in diesem Bett aus. Ich fahre zum Sportplatz. Schön, aus dem Kokon auszubrechen und in diesen Strudel routinierter Gespräche zu fallen. Ich ziehe mir das gelbe Trikot über: *Atompilz mit Handschuhen.* Schon beim Aufwärmen wird mir schwarz vor Augen. Ich sehe die Welt wie mit Scheuklappen. Das Spiel beginnt. Mechanisch taumle ich zwischen den Stangen hin und her. Zum Glück kommt fast kein Ball zum Tor, und wenn doch, werde ich angeschossen. Wir gewinnen zu null. Das Bier danach schmeckt nach nichts. Schnaps. Ich sehe den Bildschirm kaum mehr, aber schaffe es noch, ein Gedicht an J. abzuschicken:

*Weißt du,
dass ich beginne,
mich zu verlieben.*

*Ich erkenne es
am Wahnsinn,
dir das zu schreiben,
ohne mich wahnsinnig
zu fühlen.*

»Du verliebst dich scheinbar leicht«, antwortet J. nüchtern. »Warum steigerst du dich da so hinein?«
»Da ist gerade nichts anderes: nur du.«
»Du musst jetzt aufhören damit... aufhören, mir zu schreiben!«

∞

Aufwachen. Medikamente. Noch immer betrunken. Meine Brust schmerzt und ich lese J.s letzte Worte wieder und wieder. Es ist vorbei. Ich weiß nicht, ob diese Formulierung stimmt, wenn ich von etwas spreche, das nie begonnen hat. Ich möchte J. schreiben, möchte mich entschuldigen, möchte sie notfalls anbetteln, nicht zu gehen... Um der Versuchung zu widerstehen, schalte ich mein Telefon ab. Zurück ins Bett.

∞

Aufwachen. Medikamente. 24 Stunden offline. Ich bin feig. Vielleicht sollte ich J. genau das schreiben: »Ich bin feig – und habe mein Telefon ausgeschaltet, nur um dir nicht zu schreiben.« Nein, ich lasse es abgedreht. Das Einzige, was ich möchte, ist, dass J. bei mir ist: Ich meinen Kopf in ihren Schoß lege. Sie durch meine Haare streicht. Mich berührt. Und sagt: »Alles wird gut!« Selbst, wenn es gelogen ist. Ich möchte mit J. über die Dinge reden, die mich bedrücken, damit sie mir die Schwere nimmt. Da ist niemand sonst. Nur sie...

∞

Aufwachen. Medikamente. Nicht mehr die Verkühlung kettet mich ans Bett. Nur die Gedanken an J., die ich nicht verlieren möchte. Und sofort formulieren sich Abschiedsbriefe in meinem Kopf: »Ein bisschen werde ich dir noch schreiben, auch wenn du es nicht mehr hören kannst... still und leise nach dem Aufwachen... bis ich dich nicht mehr überall bei mir spüre...« Nein! Aufhören... Ich muss mir nicht die letzte Würde rauben.

∞

Aufwachen. Medikamente. 72 Stunden offline und nichts anderes als die unsäglichen Fantasien darüber, was J. geschrieben haben könnte. Jeder Versuch mich abzulenken misslingt. Ich greife zum Telefon, schalte es ein: nichts! Keine Nachricht, kein Funken einer Mitteilung. Das Gefühl, wegen J. alles geopfert, mich der Welt entzogen zu haben, damit ich ja das Richtige tue. Und: nichts! Kein Wort von ihr.

∞

Ich stehe auf der Plattform eines Bahnhofs. Züge rasen vorbei. J. steht vor mir: »Ich weiß, du hast alles zu verlieren, aber was haben wir zu gewinnen?«, sage ich mit einem nervösen Lachen. »Gehen wir einfach. Wohin du willst! Paris? Wenn wir schon scheitern, dann im größtmöglichen Szenario!« Ohne mich anzusehen, geht J. an mir vorbei. Sie ist fort und es ist so, als hätte ich einen Teil von mir verloren, den ich gar nicht kannte.

∞

Aufwachen. Medikamente. Die Luft rein. Das Herz schwer. War es je anders? Mit dem Hund in den Wald, der noch lauter keucht als ich. Ich merke, dass er alt wird, aber ich will gar nicht daran denken, was passiert, wenn er einmal nicht mehr... Baden. Ich blicke in den Spiegel. Der Ausschlag zieht sich seit der Reduktion auf zwei Pillen etwas zurück. Das Mondgesicht bleibt. Vielleicht für immer. Nachmittag. Mit Papa zum Friedhof, um unseren Bestattungskollegen zu verabschieden, der seinem Leiden erlegen ist. Die Zeremonie beginnt. Ich sehe nur die Flausen hinter dem Ritual, die Pathetik... und kann nicht trauern. Warum akzeptiere ich im Tod nicht, was ich in der Liebe suche? Ein selbstkomponiertes Lied wird vorgetragen. Die Situation fühlt sich für mich nicht real an. Lag ich zu lange im Bett? *Schiffgedicht.* Sarg raus. Leichenschmaus. Das Telefon vibriert. J. schreibt: »Kennst du gute Cocktailbars in der Stadt?« Ist die Nachricht wirklich für mich bestimmt? Ich sehe es als Scherz und empfehle ihr die exklusivste Bar überhaupt: meine Arme! J. hier. Kann es sein? Minuten wie Stunden, bis sie sich nochmals meldet und fragt, ob ich auch zufällig in der Stadt sei? Noch bevor ich antworte, dränge ich Papa, mich nach Hause zu bringen. So schnell wie möglich ziehe ich mich um und rase zum Bahnhof. Aufgeregt, nervös, nicht dem Kopf, sondern alleine dem Herz folgend. »Ich bin überall, wo du mich haben willst!« J. schickt mir ihren Standort. Angekommen am Hauptbahnhof steige ich in ein Taxi. Zwanzig Minuten auf dem Weg in ein dubioses Lokal. Unzählige Seitengassen. Der Fahrer findet gefühlt jeden Bremshügel. Ich steige aus dem Wagen und spare nicht mit dem Trinkgeld. Wo bin ich? Vor mir eine Art Balkandisco. Ich gehe hinein, ohne nachzudenken. Der Security mustert mich von oben bis unten. An der Bar: niemand. Vereinzelte Gruppen hinten im Club. Silberne Vodkaflaschen und ausgebrannte Sprühkerzen in Kübeln voller Eis. Techno aus der Retorte. Ist das ein Lokal oder eine Zeitreise? Männer mit Goldketten starren mich an. Anscheinend waren meine Augen zu lange auf ihre Begleiterinnen gerichtet. Nirgends finde ich J. hier. War es bloß eine Einbildung? Bin ich völlig wahnsinnig geworden durch all diese Fieberträume von ihr? Oder spielt jemand mit ihrem Telefon, um mich in eine Falle zu locken? Ich will J. schreiben, aber habe keinen Empfang. Zurück zur Bar und da... J. stürmt am Security vorbei. Ihre gelbe Jacke strahlt wie die Sonne. Zwei, drei Sekunden umarmen wir uns, als gäbe es sonst nichts auf dieser Welt. Bevor irgendjemand etwas sagt, nimmt J. meine Hand und führt mich zu einem freien Fensterplatz. Ich bin aufgeregt. Kein Wort verlässt meine Lippen und ich lächle sie bloß an. J. bestellt Gin Tonic für uns. So lange habe ich auf diesen Moment gewartet und jetzt... als würde alles mit einem Mal ganz ruhig werden und das Rotieren meiner

Gedanken zum Stillstand kommen. J. lacht. All meine Übertreibungs- und Idealisierungsversuche in den Gedichten haben nicht einmal den Ansatz ihrer Schönheit getroffen. Dafür gibt es keine Worte. Nur diesen Moment — jetzt... Ich lege ihre Hand in meine und ziehe ihre Lebenslinie nach. Ihr Blick, ihre Gesten: Jede ihrer Bewegungen spricht eine solch detaillierte Sprache der Zuneigung und ich kann nicht anders, als ihr zu folgen. Mit ihrer freien Hand streicht J. über mein entstelltes Cortison-Gesicht. Güte in ihren Augen. Wir kommen uns näher und näher. Sie lehnt sich ein Stück nach vor und da — küsst sie mich... Es war kein Traum. Es ist... Liebe? Mitleid?... Nein, ich denke gerade an nichts und genieße jeden Moment, bevor uns die Kellnerin auf die Straße setzt. Wir sind die letzten Gäste. Neben dem Lokal führt J. mich in eine dunkle Ecke. Sie drückt mich gegen das Schaufenster eines Sonnenstudios. In unseren Berührungen ein eigener Rhythmus von Intimität, eine wahnsinnige Lust, eine... Nichts beschreibt die Wärme ihrer Lippen, die Leidenschaft ihrer Bisse, die Zartheit ihrer Zunge. Immer wieder drücke ich sie an mich und will sie nie wieder loslassen. In ihrer Tasche vibriert es unaufhörlich. J. muss gehen. Es tue ihr leid, sagt sie. Mich so zu überrumpeln sei nicht fair und es wird nie wieder passieren. Ich sage, dass sie sich für nichts entschuldigen müsse und dass *nie* ein so hässliches Wort sei. Noch einmal will ich sie küssen, aber sie stößt mich weg, als würde sie erst jetzt die ganze Situation realisieren. J. läuft davon. Im Gehen blicke ich noch einmal zurück und erhasche den letzten Funken ihrer gelben Jacke. Wie auf Wolken spaziere ich in Richtung U-Bahn. Unmöglich, mir das Grinsen zu verkneifen. Was hat all das zu bedeuten? Äußerer Ring. Ich warte mit zwei Burschen bei einer Kreuzung. Neben uns bremst sich ein Auto ein. Weiß. Verdunkelte Scheiben. Ein Mann in blauer Bomberjacke springt heraus und stürzt sich auf die Zwei neben mir. Einen von ihnen packt er und wirft ihn auf die Straße. Der andere versucht einzugreifen, aber seine Schläge prallen an dem drahtigen Angreifer mit den Lederstiefeln ab. Die Ampel schaltet auf Grün. Autos hupen. Der Junge liegt noch immer auf dem Asphalt. Als er versucht aufzustehen, nimmt die blaue Bomberjacke Anlauf. Mit voller Wucht tritt er auf den Kopf des Burschen ein und zieht wie bei einem Fußball durch. Der Angreifer schreit laut auf. Scheinbar hat er nicht mit so viel Widerstand gerechnet und seine Kniescheibe ist herausgesprungen. Ich bin perplex. Stierkampf ohne Stiere. Der zweite Junge läuft zu seinem bewusstlosen Freund und zieht ihn von der Straße. Die blaue Bomberjacke humpelt zurück ins weiße Auto, das mit einem lauten Reifenquietschen losrast. Nicht länger als eine Ampelsequenz hat all das gedauert. Habe ich je solch eine Brutalität erlebt? Ich weiß es nicht. In diesem absurden Szenario schwebe ich noch immer auf meiner rosaroten Wolke dahin, wo selbst dieser Blutrausch einen Hauch von Poesie innehat. Alles nur Bilder im Kopfkino meiner Liebe. Und was können mir die schrecklichsten Dinge schon anhaben, wenn ich J.s Lippen noch immer an meinen fühle? Ich überquere die Straße. Der Junge ist bewusstlos, aber atmet noch.

∞

Aufwachen. Medikamente. Ich lache mit dem ganzen Körper. Die Post kommt. Ein Brief vom Verlag. Natürlich. Jetzt! Das Urteil, ob das Buch über A. endlich in der wahren Welt Wurzeln schlägt. Ich öffne das Kuvert: »Vielen Dank für Ihr Manuskript. Leider muss ich Ihnen mitteilen, dass die Qualität Ihres Romans nicht für eine Publikation in unserem Verlag ausreicht. Kitsch und

Pathos sind im erheblichen Ausmaß Teil Ihres Textes, wobei sich Ihre Hauptfigur kein Stück weiterbewegt und kaum einmal etwas Individuelles erlebt – die Sonnenuntergänge, Seeleneinblicke und der romantische Liebeswahn haben vielmehr etwas sehr Klischeehaftes. Ich befürchte, dass Sie an Ihrem Ich-Erzähler sehr nah dran sind, in diesem Fall zu nah. Es ist Ihnen nicht gelungen, auf Distanz zu gehen und eine wirkliche Fiktion aus der Geschichte zu machen oder Ihrer Figur Kontur und zugleich Tiefe zu geben. Falls Sie sich jedoch dazu entscheiden, etwas über den Friedhof zu schreiben, dann...«

VIERTES HEFT

Mein Notizheft ist voll. Ich habe mich nicht rechtzeitig um Ersatz gekümmert. Jetzt kritzle ich in dieses Werbegeschenk hier. Es hat nicht einmal Linien und ich muss selbst entscheiden, wie viel Platz ich den Worten einräume. Sollte ich nicht nur gehobelte Sätze in ledergebundene Bücher schreiben? So bedeutend in ihrer Weltschwere, dass es die Tinte bis zum Erdkern hinabzieht? Und da ist der nächste Punkt: Ich schreibe nicht einmal mit Feder, nur Bleistift. Sind deshalb meine Worte so bleiern? Ich habe es mir irgendwann angewöhnt, weil ich sonst zu stark aufdrücke und es mehr einem Gravieren gleicht. Kugelschreiber gingen lange gut, aber die Farbe wurde mir zu intensiv, der Kontrast zu hoch – selbst in Schwarz. Jedes Wort wirkt dadurch so echt, so real, wohingegen der Bleistift dahingleitet – sanft, ruhig. Er streicht über das Blatt und lässt nur Schatten zurück. Als würde ich die Buchstaben wieder wegblasen können, wenn ich zu lange ausatme. Sie verschwinden einfach. Genau wie dieser Tag. Und der nächste. Und der nächste...

Die vierte Computertomografie in fünf Monaten. Bald brauche ich zum Lesen keine Nachtlampe mehr. Danach in die Bibliothek. »Die Krankheit war sein Lebenselixier«, heißt es im Nachruf auf Thomas Bernhard im *Spiegel*. »Der *Morbus Boeck*, der ihm seit langem in Herz und Lunge saß, rätselhaft und unheilbar, seine Krankheit zum Tode, die ihm den Atem verschlug (...), bestimmte sein Verhältnis zur Welt der Gesunden und seinen Platz im Leben.« Während des Studiums hatte ich mich ausschließlich mit Bernhard beschäftigt, war so tief wie möglich in seine Literatur abgetaucht und jetzt, wo ich selbst zu schreiben beginne, bricht seine Krankheit in mir aus. Das Leben liefert Zufälle, die in der Kunst unmöglich wären. Niemand würde sie glauben, sie als reines Konstrukt abtun. Vielleicht muss ich das als Zeichen sehen, um meine Studie endgültig zu beenden? Wer könnte in einer Zeit der Authentizitätsgier besser über diesen Menschen schreiben als jemand, der seine Todeskrankheit in sich trägt? Ich öffne die Datei, und mir rinnt der Angstschweiß über den Rücken...

∞

Eine junge Frau streicht mit den Fingern über die Buchreihen vor mir. Ihr Gesicht: halb im Schatten, halb in das warme Licht der untergehenden Sonne gehüllt. Makellos in jeder Nuance. Band für Band zieht sie aus den Regalen und stapelt sie in ihrer linken Hand. Als dieses Zauberwesen aufblickt... *schon wieder!* Keine zwei Sekunden spiele ich mit dem Gedanken, mich endgültig der Literatur zu entsagen, mich nur noch der Wissenschaft zu widmen, und diese poetischen Schnulzbilder tauchen auf, als könnte jeden Augenblick die größte Liebesgeschichte aller Zeiten beginnen.

∞

Im Zug zurück aufs Land lese ich den neuen Befund und ich bin beunruhigt wegen des kommenden Termins beim Lungenarzt. Ich dachte, dass es jetzt bald vorbei wäre. Wie lange nehme ich schon dieses verfluchte Cortison, das mich nicht nur äußerlich vernichtet? Wenn sie mir schon Drogen verschreiben mussten, warum nicht besseres Zeug? Etwas, das mich aufheitert, mich fühlen lässt, dass ich am Leben bin, und mich nicht ständig in die Dunkelheit zerrt. Seit vier Wochen runter auf eine Pille. 25 mg. Die Schatten bleiben – vermehren sich weiter. Mein Kopf spielt verrückt. Ich ertrage es keinen Tag länger... und doch habe ich Angst vor dem Moment, an dem es vorbei sein könnte. Danach fehlen mir die Ausreden, um mich weiter in meinem Weltschmerz zu suhlen! Bin ich abhängig vom Leiden geworden, weil ich denke, erst dort schreiben zu können?

∞

7 Uhr. Zum Friedhof. Beim Hauptgang rechts. Dritte Reihe. Zu eng für den Bagger, also muss ich keine Ausreden für Papa finden, warum wir Boki noch immer in der dunklen Ecke stehen lassen. Wir bauen den Erdcontainer auf. Improvisationsgabe ist gefragt. Die Sonne scheint durch die Bäume. Papa zieht sich die Jacke aus. Ich nütze die Chance, um schnell ins Graben zu kommen. Ständig will er mich verscheuchen, aber ich bleibe standhaft. Auch wenn ich mich völlig schlapp fühle, würde ich es jetzt nicht ertragen, ihm schweigend zuzusehen und nur meinen eigenen Gedanken ausgesetzt zu sein. Nach wenigen Wiederholungen glüht mein Schädel im hellen Rot. Alles an meinem Körper ist schlabbrig. *Barbapapa mit Schaufel.* Nicht aufhören! Keine Pause! Ich versuche das Tempo, das Papa sonst vorgibt, zu übertreffen. Meine Schulter schmerzt. Der Rücken. Ein Stich im Unterarm. Ich schlage mir den Ellbogen mehrmals an der viel zu kurzen Grabeinfassung an. Narrisches Bein. Elektroblitze fahren in mich ein. Alles kribbelt. Alles egal. Nur nicht denken! »Geht

schon, lass mich!«, wiederholt Papa wieder und wieder, bis ich endlich nachgebe. Ich kann nicht mehr – selbst, wenn ich wollte. Mein Körper streikt. Völlig verschwitzt steige ich aus dem Grab und schnappe nach Luft. Nicht einmal bis zur Hälfte bin ich gekommen. Ich bin zu schwach und brauche Hilfe, während Papa im Takt einer Maschine arbeitet. Schweigen. Trance. Selbstbezichtigungsschauer. Der heißeste Sommer seit Jahrzehnten ist vorbei, aber der Dreck hier unten trocknet nicht aus. Überreste von Nachkriegssärgen in der nassen Erde. Plastik. Plastik. Plastik. Papa wirft einen grün gewordenen Jesus aus dem Loch. In der richtigen Tiefe geht er in die Knie und beginnt mit dem Krampen eine Höhle herauszuschlagen. Beim Hinablassen des Sarges müssen wir ihn fasst vertikal einfädeln – so eng ist es hier. »Irgendwie wird's schon gehen«, sagt Papa, nachdem er mit einem Zwei-Meter-Stab die Länge kontrolliert. Fertig. Duschen. Saure Wurst mit Kaisersemmel. Ich ziehe die Rollos im Schlafzimmer herunter und falle kurz ins Mittagskoma.

∞

»Mario«, höre ich eine Frauenstimme flüstern, und ich schrecke aus unruhigen Träumen hoch. Das Zimmer ist finster. Nur ein Lichtstrahl dringt durchs Fenster. »Ja?«, sage ich in die dunkle Ecke, in der ich eine Gestalt vermute. Keine Antwort mehr. *La Mort?* Welchen Grund hat es, dass in Frankreich der Tod eine Frau ist? Später nachschlagen.

∞

Zum Lungenarzt. Anmeldung. Fragerunde mit einer neuen Krankenschwester. Anfang zwanzig. Blond. Ich lüge bei meinem Gewicht und sie notiert meine Angaben mit der linken Hand. Irritation. Es erinnert mich an etwas, das Mama erzählt hat. Als sie sich in der Stadt für eine Lehre bewerben wollte, bemerkte die Chefin, dass sie Linkshänderin war, und schmiss sie sofort raus, ohne ihr auch nur eine Frage zu stellen. Sie sah Mama wie eine Missgeburt an, wie ein Monster, wie... Welch Abgründe müssen in Menschen stecken, wenn sie sich an der kleinsten Diversität so abstoßen? Die Brille der Krankenschwester reflektiert mein Mondgesicht. Ich setze das verführerischste Lächeln auf, aber gleiche – durch die Wasserablagerungen in meinen Wangen – plötzlich der Grinsekatze aus *Alice im Wunderland*. Lungenfunktionstest. Wartezimmer. Die Tür geht auf. Während sich der Doktor die neuen Bilder ansieht, spreche ich von meiner unvollendeten Studie über Bernhard und der Ironie, dass seine Krankheit in mir ausgebrochen sei und ich wie er daran... »Blödsinn«, unterbricht mich der Arzt. »Da haben ganz andere Faktoren mitgespielt! Ihm wurde zu Beginn eine falsche Diagnose gestellt und in der vermeintlichen Heilanstalt hat er sich mit etwas viel Gefährlicherem angesteckt. Die Medikamente dagegen belasteten dann auf lange Sicht sein Herz.« Ich nuschle weiter etwas von *Todeskrankheit* und der Doktor antwortet: »Wir bekommen das schon in den Griff! Also wenn ich mir die neuen Bilder ansehe, dann erkennt man, dass die Schatten etwas zurückgehen...« – »Aber im Befund steht etwas anderes«, widerspreche ich. – »Interpretationsspielraum ist natürlich da. Diese neuen Flecken sollten uns nicht beunruhigen. Ich würde sagen, wir bleiben noch eine Zeit lang auf der jetzigen Dosis. Ihr Körper ist mittlerweile abhängig und wenn wir das Cortison zu schnell reduzieren, kann das Ganze hochgehen wie ein Feuerwerk.« Ich schüttle den Kopf. Es ist mir egal, was mit meiner Lunge passiert – nur nicht mehr diese Pillen schlucken, denke ich und sage nach einer kurzen Pause memorierte Sätze auf: »Natürlich möchte ich gesund werden, aber das Cortison löst etwas in mir aus, dem ich mich nicht länger aussetzen will. Nicht die Lunge macht mich krank, alleine die Medikamente!« Ich merke sofort, wie pathetisch sich das anhören muss und versuche, die Situation mit etwas Sarkasmus aufzulockern: »Ich weiß, ich schaufle mir mein eigenes Grab. Aber zum Glück muss ich mir ja selbst keine Rechnung stellen.« Der Arzt lacht nicht und wir einigen uns letztlich auf einen Kompromiss: langsame Reduktion der Dosis, bis hinunter zu einem Viertel der Tablette und danach dieses ganze Prozedere erneut, um zu sehen, wie mein Körper darauf reagiert. Als versöhnliche Geste zum Abschied sage ich, dass ich wohl ein ganz schrecklicher Kranker und ein noch furchtbarerer Patient sei. »Sind wir das nicht alle?«, antwortet er bloß. Ich möchte den Arzt hassen, aber ich mag ihn. Manchmal sitze ich vor ihm und ich denke, wir sprechen zwei verschiedene Sprachen. Und dann wieder ein kurzes Auflachen, in dem ich mich verstanden fühle. Mir ist völlig bewusst, dass ich schon lange eine zweite Meinung einfordern müsste, aber es käme mir wie ein Betrug vor. Er und ich sind Verbündete in der Krankheit geworden, teilen uns diesen Weg, dieses *Geheimnis*... Ich führe wohl die ungesündesten Beziehungen.

∞

Dorffest. Bier um Bier. Schnaps. Vernichtet. Keine Erinnerung mehr. Und plötzlich bin ich nicht alleine. Da ist eine Frau in meinem Bett – mit der ich nur rede, wenn ich getrunken habe. Sonst halte ich es neben ihr nicht aus. Da ist einfach keine Verbindung da. Nicht ein Funken einer Gemeinsamkeit. Mein Gesicht schläft ein, wenn sie zu sprechen beginnt, und doch siegt in diesen selbstverlorenen Momenten des Trinkens mein Begehren über jede Vernunft. Nach dem Erwachen versucht, ein nicht allzu großes Arschloch zu sein. Benommene Gespräche, bis sie endlich aufbricht. Ich sagte, ich wäre den ganzen Tag beschäftigt, was irgendwie auch stimmt. Mit dem Hund in den Wald. Berner Würstel mit Pommes zum Mittagessen. Rechnung schreiben. Dann aufs Begräbnis. L. schreibt, dass es schön mit mir war und sie sich auf ein baldiges Wiedersehen freue. Ich antworte nicht.

∞

Strahlender Sonnenschein. Kurz vor Beginn der Zeremonie in der Aufbahrungshalle übernehme ich die Aufgabe des Bestatters und schreibe die Namen ab, die auf den Kranzschleifen stehen. In diesem Blumenmeer lese ich überall A.s Namen. Nie fühle ich sie näher bei mir als in diesen Momenten des Restrausches – weder betrunken noch nüchtern. Ein Aushilfsdiakon muss einspringen, weil unser Dorfpfarrer in seiner Heimat Urlaub macht. Papa, zwei Pensionisten und ich sind als Sargträger eingeteilt. Fast eine Stunde Liturgie und Lebenslauf. Es ist furchtbar, wenn Leuten, die sonst im Hintergrund stehen, plötzlich eine Bühne geboten wird. Sie denken, sie müssen das Rad neu erfinden und überkompensieren. Hinaus. Der Trauerzug folgt uns. Papa und ich tragen den Sarg in die dritte Reihe. »Wir übergeben den Leib der Erde.« Pfosten weg. Am Kopfende so weit wie möglich anheben, damit wir irgendwie in die untergrabene Höhle einfädeln können. Der Strick ist falsch gesetzt. Der Sarg beginnt zu rutschen, schlägt schräg in die Erde ein – und bleibt so. Die Rosen rutschen direkt zum Fußteil. Irgendwie erinnert mich das an die Untergangsszene aus *Titanic*. Nachdem alle Trauergäste weg sind, schaffen es Papa und ich – irgendwo zwischen Logik und Gewalt – den Sarg zu versenken. Loch zu. Erdcontainer abbauen. Schnitzel und Bier im Wirtshaus. Papa schweigt. Er macht sich scheinbar mehr Gedanken über seine Fehler, als ich dachte. Immer hat er mir das Gefühl gegeben, dass all die Erlebnisse auf dem Friedhof an ihm abprallen. Er den einzig richtigen Weg kennt. Und ich bin ihm stets blind gefolgt. Jetzt flackern Momente des Zweifels auf, in denen er mich sogar manchmal nach meiner Meinung fragt. Ich werde vielleicht nie bereit sein, all das alleine zu schaffen, falls Papa...

∞

Gegen Mitternacht steht L. ohne Vorwarnung vor meiner Tür und will wissen, was das zwischen uns ist. Sonst hat mein Schweigen gereicht, aber jetzt... Nichts kann ich ihr bieten, außer billige Ausreden. Scheinbar habe ich ihr im Rausch Versprechungen gemacht, die sie zu wiederholen beginnt, aber ich unterbreche sie sofort. Ich möchte nichts davon hören. All meine Worte und Berührungen waren nicht für sie bestimmt, sondern für eine andere! Erbärmlich. L. sieht mich mit großen Augen an. Warum kann ich mich nicht einfach bei ihr fallen lassen? Warum jage ich einem Geist hinterher? L. fragt noch einmal, ob das zwischen uns etwas werden kann? Ich sage kein Wort, blicke nicht einmal auf und schüttle den Kopf. »Nie wieder«, sagt L. mit gebrochener Stimme.

∞

Aufwachen. Magenschutz. Kaffee. Ich breche eine Pille Cortison auseinander und schlucke drei Viertel davon. Mit dem Hund in den Wald. Auf dem halben Weg über den Acker bleibt er einfach stehen. Nach langem Rufen schafft er es bis zum direkt anschließenden Lagerfriedhof und legt sich in den Schatten eines Baumes. Ich setze mich zu ihm und streichle über seinen Kopf. Er hechelt. Mein Blick fällt am schwarzen Kreuz vorbei auf den roten Stern an der Spitze des Obelisken. Opa ist zu früh gestorben, als dass ich ihn fragen hätte können, was er sich dabei gedacht hat, gerade neben dem *Russenfriedhof* – wie die Leute im Dorf ihn nennen – seine Landwirtschaft aufzubauen, wo er doch aus Stalingrad mit Wunden zurückgekommen war, die nie verheilten. Ein Buch darüber? Nein. Manche Gräben sollten vielleicht wirklich geschlossen bleiben. Bis Mittag liegen der Hund und ich in der Wiese. Er rührt sein Futter nicht an.

∞

Ich gehe das Vorlesungsverzeichnis durch. Nur ein Seminar am Institut für Germanistik, das für meine Studie relevant wäre: *Nach dem »Tod des Autors«. Theorien und Lektüren.* Über Bernhard finde ich nichts. Aus dem untersten Regal der Bücherwand ziehe ich eine alte Mappe, um mein Exposé wieder zu lesen. Ich dachte, ich könnte das Method-Acting-Verfahren auf den Autor ummünzen: Wenn ich über Bernhard schreiben möchte, muss ich Bernhard sein – seine Maske aufsetzen und durch ihn hindurchsprechen. Anscheinend hat mein Körper diese Thesen viel zu ernst genommen: *Morbus Bernhard.* Gratulation, Mario!

∞

Bestattung einer jungen Mutter von zwei Kindern. Die Gruft ist bis zur Hälfte mit Wasser gefüllt. Der Gestank bereitet mir Kopfschmerzen. Durch den Zinkeinsatz ist der Sarg so schwer, dass mir das Seil beim Hinablassen durch die Finger rutscht. Die Holzkiste stürzt ins Wasser und schwimmt danach – einem Korken gleich – an der Oberfläche. Die Großmutter und der 8-jährige Enkel stehen neben der Ruhestätte. Sie haben verzerrte Francis-Bacon-Gesichter. Daneben die vielleicht 14-jährige Enkelin. Ihr Gesicht ist klar, in Trauer gehüllt. Hinter mir beginnt der Großvater mit dem Nachruf. Statt etwas über seine Tochter zu erzählen, die er in einem überheblichen Tonfall als große Enttäuschung abtut, lobt er in der furchtbarsten Kunstsprache seinen Enkel, der in seinem Gehabe wie ein selbstbezogener Volltrottel wirkt. Das Mädchen wird von der Familie wie Aschenputtel behandelt, obwohl sie offensichtlich hier die einzige Person mit Talent und Empathie ist. Ich werde wütend, möchte diesem egomanischen Arschloch mit seinen ungelenken Barockversen ins Wort fallen, aber ich habe meine Stimme verloren. Mit Wut im Bauch wache ich auf.

∞

Treffen mit einem Literaturagenten in der Stadt. Irgendwann im Rausch habe ich ihn im Internet gefunden. Entspannte Annäherung mit unangenehm langen Pausen. Er fragt, welches Manuskript ich ihm anbieten kann. Aus Mangel an Optionen erzähle ich vom Buch über A. In meinen unbeholfenen Erklärungsversuchen merke ich, dass die Absage des Verlags wohl doch nicht unbegründet war. Wo steckt in diesem Sehnsuchtswirrwarr schon ein Roman? Es ist jetzt so, als müsste ich in der Handlung meine eigenen Lebensentscheidungen rechtfertigen, wobei mir dieser Ich-Erzähler immer unsympathischer wird. Warum hat er A. nicht gleich seine Liebe gestanden, statt ihr Gedicht über Gedicht zu schreiben, ohne je zu wissen, was sie für ihn empfindet? Das Buch wäre dann zwar nur ein Zweizeiler, aber mein Leben ein anderes. »Ich weiß in etwa, worauf du mit diesem Projekt hinauswillst«, sagt der Agent, »nur sehe ich darin keine Verkaufsargumente, um das einem großen Verlag anzubieten. Der Markt ist übersättigt mit Liebe.« Ich weiß, dass die jetzige Form nicht reicht, aber warum kann ich keiner Menschenseele die Dringlichkeit meines Manuskripts vermitteln? Warum sehen sie nicht, was ich sehe? Dieses Buch ist doch viel mehr als bloß ein Buch. Es ist etwas Grenzüberschreitendes. Es ist... so blöd es sich auch anhört... das Leben selbst! Die gespielte Abgeklärtheit gegenüber meinem Schreiben verlässt mich. Noch eine Absage ertrage ich nicht. Es ist schlimmer, als verlassen zu werden. Vielleicht braucht es ja nur einen Funken Hoffnung, einen kleinen Zuspruch, bis endlich die Literatur aus mir herausbricht und ich wieder atmen kann. Neuer Versuch! Sofort werde ich unterbrochen: »Es tut mir leid, das so direkt sagen zu müssen, aber so ein Text, der so nah an dir selbst dran ist, interessiert erst jemanden, wenn mit dir als Mensch etwas passiert. Du weißt schon: berühmt, berüchtigt... was auch immer!« *Dschungelcamp* oder *Jack Unterweger*. Wirklich? Sind das die einzigen Optionen für meinen Roman? Ich sehe die Enttäuschung in den Augen des Agenten. Er hat sich wohl mehr erwartet und fragt mich höflichkeitshalber nach meinem Werdegang. Ich erzähle von meiner Kindheit auf dem Bauernhof. Dem angrenzenden Soldatenfriedhof und dem ehemaligen Kriegsgefangenenlager aus dem Zweiten Weltkrieg, wo wir jeden Sommer Heu machten und ich die Relikte einsammelte. Meiner Arbeit als Totengräber... Die Augen des Literaturagenten leuchten auf. »Wenn du natürlich etwas über den

Zweiten Weltkrieg schreiben könntest, da hätten wir eine Bombe in der Hand. Die großen Verlage suchen vor allem von jungen Leuten was über dieses Thema. Da ist die Tür immer weit offen. Und dann noch in Kombination mit diesem Totengräberdings: Jackpot! Und so wie du ausschaust und über den Friedhof sprichst – mit dieser völligen Nüchternheit –, das wirkt alles wunderbar authentisch und skurril komisch. Genau, was die Leute mögen. Da können wir dich auch als Person sicher ganz toll verkaufen. Deine Geschichte alleine ist ja schon ein wandelndes Narrativ. Großartig!« Der Agent verabschiedet sich. Ich solle mich melden, wenn ich was habe. Das Buch über A. ist wohl endgültig gestorben, bis ich tot bin.

∞

In einer Bar. Ständig denke ich an die Sätze des Literaturagenten. Kann ich überhaupt etwas anderes schreiben, wenn A. meine einzige Sprache ist? Ein alter Schulkollege tritt ein. Bier. Bier. Bier. Er lässt mich auf seiner Couch übernachten, damit ich nicht ständig zurück aufs Land pendeln muss. Wenn ich jetzt endgültig meine Studie über Bernhard beenden will, dann sollte ich mich in der Bibliothek eingraben und mich nicht ständig von anderen Dingen ablenken lassen... Eine Frau sitzt am Nebentisch. Ihr gegenüber ein Mann, den sie allem Anschein nach zum ersten Mal sieht. Zumindest deute ich das holprige Gespräch so. Immer wieder blickt sie zu mir, lacht. Nach einer ersten Klopause ist sie verschwunden. Beim Bezahlen drückt mir die Kellnerin einen Zettel in die Hand: »Die Blonde am Fenster wollte, dass ich dir das gebe.« Eine Telefonnummer. M. Wie schön wäre so ein Beginn!

∞

Mittagessen mit meiner bald 80-jährigen Studienbetreuerin. Obwohl ich selbst eine Viertelstunde zu früh dran bin, sitzt sie bereits im Gastgarten. Sie ist etwas kleiner, als ich sie vom letzten Mal in Erinnerung habe. Ist das das Schrumpfen im Alter? Förmlichkeiten. Die Professorin erzählt von den Ameisenproblemen in ihrer Wohnung und der Odyssee, das Nest ausfindig zu machen. Es dauert eine Weile, bis wir zu meiner Abschlussarbeit kommen. »Ich möchte das jetzt endlich hinter mich bringen«, sage ich. Meine Betreuerin reagiert darauf nicht. Sie hat im Laufe ihres Universitätslebens wohl schon genug leere Vorsätze gehört. Die Kellnerin kommt. Nachdem wir beide das Mittagsmenü bestellt haben, fragt mich die Professorin, wo ich mich die letzte Zeit versteckt hätte und warum ich ohne Vorwarnung verschwunden sei? Ich antworte, dass ich zwar nicht wissenschaftlich aktiv gewesen sei, aber sich die Recherche zu meiner Studie quasi in mich eingeschrieben habe. Meine Betreuerin versteht die Anspielung nicht, also erzähle ich ihr von meiner Lungenkrankheit, die ich jetzt mit Bernhard teile. Besorgter Blick. »Wir bekommen das schon in den Griff!«, zitiere ich meinen Arzt. Die Frittatensuppe wird serviert. Weißer Spritzer dazu. »Was ist denn der letzte Stand Ihrer Arbeit?« – »Ich muss sie nur noch schreiben!« Kein Lacher. Nicht einmal ein leichtes Grinsen. »Nach eingehender Lektüre meines Exposés werde ich wohl bei meiner ursprünglichen Idee bleiben: Ich möchte versuchen, ein ganzes Leben aus der Autorschaft heraus zu deuten, um dadurch die Sprache zum Gesamtkunstwerk zu erheben. Also von der Grundthese ausgehend, dass alles, was wir in unserem Leben ausdrücken wollen, Sprache ist, müssen auch alle Aspekte des Alltags Teil des literarischen Werkes sein.« Was rede ich da? Zum ersten Mal höre ich diese Worte laut ausgesprochen und ich habe keine

Ahnung, was ich damit sagen will. Die Professorin legt die letzte Frittate auf ihren Löffel. »Vielleicht sollten Sie sich für Ihre Studie auf ein paar ausgewählte Texte von Bernhard konzentrieren, statt mit so schwammigen Begriffen um sich zu werfen. Sie wollen ja keine Ideologie begründen, sondern einen Universitätsabschluss. Nicht?« Schweigen. Der Tafelspitz kommt. Ich versuche einen anderen Ansatz: »Also die Metaebene ist folgende: Ich schneidere mir aus der Autorschaft von Bernhard einen Anzug, ziehe ihn an, beginne selbst zu schreiben und analysiere das. Fertig.« Meine Betreuerin stochert im Semmelkren. »Um sich selbst zum Untersuchungsgegenstand zu machen, sind Sie noch etwas zu jung.« Natürlich hat sie recht. Die Intention meiner Arbeit lag irgendwo zwischen Egoismus und Größenwahn. Ich wollte Bernhard benutzen, um mich selbst zum Autor zu machen. Alles andere war mir völlig egal und nur Mittel zum Zweck. Wissenschaftliche Placebothesen. Nichts sonst! Vielleicht hätte es auch irgendwie funktioniert, wenn da nicht A.... Kaffee und Kuchen. Kann ich die Arbeit überhaupt abschließen, solange ich die Bernhard-Krankheit in mir trage und nicht einen Weg gefunden habe, damit umzugehen? Braucht die Wissenschaft wie die Literatur nicht viel mehr Distanz? Zumindest das hätte ich doch vom Liebesschinkenfiasko lernen können. Egal. Entweder jetzt oder nie! Diesen letzten Schritt gehen, bevor ich mich befreien kann.

∞

M. schreibt nicht. Sie schickt Sprachnachrichten. Es ist furchtbar. Nicht weil ich ihre Stimme nicht mag, sondern weil ich mich dadurch gezwungen fühle, selbst etwas ins Telefon zu sprechen. Im Schreiben ist da dieser Schutzwall der Korrektur, aber im Sprechen? Wir machen ein Treffen aus. Wie ich vermutet hatte, war M. in der Bar auf einem Blind Date, aber fand mich dann irgendwie interessanter. Es ist seltsam. Bekommt mein durchs Cortison entstelltes Gesicht plötzlich so etwas wie Charakter, wo vorher nur öde Langeweile herrschte? Wahrscheinlich hat es einen Grund, warum die *Schöne* immer nur das *Biest* bekommt. Nicht hinterfragen! Ich versuche mich an Einzelheiten von M. zu erinnern, aber da ist nur dieses verschwommene Wesen im Fenster. Ihre Nachrichten haben etwas Kaltes, das mich verunsichert. Mit mancher Direktheit kann ich nicht umgehen. Treffe ich sie nur, weil es eine schöne Geschichte wäre?

∞

Lesung von Debütanten. Vorstellung ihres ersten Romans. Zehn Leute im Saal. Frostige Stimmung. Ein junger Schriftsteller beginnt. Unmöglich einzuschätzen, ob der Text Qualität hat. Selbst unser polnischer Pfarrer hat weniger monotonen Sing-Sang in seinem Vortrag. »Weil jedes Wort Gottes den gleichen Wert hat«, ist seine Ausrede. Welche Entschuldigung hat dieser Autor? Heißhunger. Ich schleiche mich raus. Käsekrainer und Bier beim nächsten Würstelstand.

∞

Urnenbeisetzung. Eine halbe Stunde vor dem Beginn der Zeremonie werde ich gebeten, den Lebenslauf des Verstorbenen vorzulesen. Sein Sohn war eine Klasse über mir in der Volksschule. Nie kann ich Nein sagen! In der Totengräberkammer gehe ich die zwei A4-Seiten durch. Dieser seltsame Begräbnisstil, als müsste der Tote einer Gruppe Unbekannter durch die nüchterne

Aufzählung von Lebensereignissen vorgestellt werden. Ohne den Inhalt zu verändern, schreibe ich die Sätze neu. Ich gebe dem Ganzen eine andere Dramaturgie und konzentriere mich auf das Persönliche zwischen den Zeilen. Ist es richtig, was ich da mache? Ich lektoriere ein Leben, weil ich keine Banalitäten vortragen mag? In meiner Zeit auf dem Friedhof habe ich genug schlechte Nachrufe gehört, um es halbwegs einschätzen zu können. Und doch... Es ist nicht meine Trauer. Der Autor ist ein anderer. Ich bin bloß der Leser – und derjenige, der dem Text einen Körper schenkt. Der Pfarrer tritt ein. Er segnet den Sarg und eröffnet die Zeremonie. »Zu Beginn hören wir ein paar Worte der Familie!« Ich lese nüchtern. Meine Hände zittern. Mehrmals verliere ich die richtige Zeile aus den Augen und mache lange Pausen, die zum Glück so etwas wie Andacht simulieren. Schwieriges Publikum. Sie schluchzen bei jedem Satz. Nur bei der Anspielung auf die legendäre Leidenschaft des Verstorbenen für Eismarillenknödel: ein kurzes Auflachen. Ich schwitze einen Wasserfall. Die zwei Seiten fühlen sich ewig an. Ungewollt werde ich schneller. Fertig. Der Pfarrer zieht sein Programm durch. Danach packe ich die Urne und führe den Trauerzug an. Hinein ins knietiefe Loch des Familiengrabs. Nicht mehr als eine Scheibtruhe voll Erde, die ich wieder zurückschütte.

∞

Statt Leichenschmaus mit dem Zug in die Stadt. Mein Freund ist zum Glück auf Geschäftsreise, also lade ich M. in seine Wohnung ein. Kerzen auf dem Balkon. Tischtuch über der Heurigengarnitur. Ich besorge eine Jause vom Markt: italienische Wurstplatte. Sie isst vegan. Nur Knochen fühle ich im Bett – kein Gramm Fett. Meine ganze Aufmerksamkeit gilt ihren graumarmorierten Augen. Wo habe ich sie schon einmal gesehen? Ohne ein *Auf Wiedersehen* verschwindet M. vor Mitternacht.

∞

Radiosendung am Morgen. Die Frage: Warum haben Pflanzen keine Gehirne? Antwort: Weil sie sich im Gegensatz zu Menschen und Tieren nicht bewegen. Das Denken ist entstanden, um Probleme zu lösen, voranzuschreiten – alles andere ist ein Vegetieren im Vergangenen. Stillleben. Vielleicht bin ich eine Pflanze der Liebe.

∞

Termin bei einer Fachärztin für innere Medizin und Rheumatologie. Mama erwähnte ihr gegenüber meine Krankheit und sie meinte, dass es bereits andere Möglichkeiten gäbe, die Sarkoidose zu behandeln. Das Cortison sei nicht mehr alternativlos! Privatordination. Ich gebe der Doktorin meine Lungenaufnahmen. Ihr Gesicht ähnelt meinem, wenn ich das Wirtschaftsblatt lese. Sie lässt mich eine Kniebeuge machen, um zu sehen, ob die Behandlung sich auf die Gelenke auswirkt. Anscheinend nicht. Ich bekomme ein Rezept für Vitamin D, das die Nebenwirkungen mildern könnte. Es hört sich nach Placebo an. »Zur Sicherheit wäre ein Ultraschall anzuraten«, sagt sie. »Falls das Cortison abgesetzt wird, sollten wir den Bauchraum kontrollieren. Vielleicht müssen zum Ausgleich andere Medikamente verschrieben werden.« Ich verstehe nichts. 150 Euro in Bar. Alternativen zum Cortison: Fehlanzeige!

∞

Germanistikinstitut. Erste Einheit des Seminars zum *Tod des Autors.* Sesselkreis. Vorstellungsrunde. Ich spreche von meiner Studie und dass darin Roland Barthes' These, dass die Geburt des Lesers mit dem Tod des Autors zu bezahlen sei, eine große Rolle spiele. »Umgelegt auf meine Arbeit heißt das ganz banal gesagt: Durch das Lesen werde ich selbst zum Autor des Textes. Ich bin es, der den toten Worten das Leben schenkt, und alles, was in ihnen liegt, also...« Einige Räuspern sich. Langes Schweigen. »Vielleicht wäre *Die Zombieapokalypse der Autorschaft* ein besserer Aufmacher.« Niemand lacht. Wir werden in Gruppen eingeteilt. Jede bekommt einen gewissen Text zugewiesen und muss darüber einen Vortrag halten.

∞

Mit N.+O.+P.+Q. in einem Café. Klassischer Querschnitt einer Gruppe: *Die Naive. Die Ehrgeizige. Die Wilde. Die Sportliche.* Und: *Der Fremde.* Ich fühle mich fehl am Platz. Völlig aus der Zeit gefallen. All diese Menschen um mich bemühen sich, besonders individuell zu sein, und sehen letztlich doch alle gleich aus. Wahrscheinlich ein immer wiederkehrendes Generationenphänomen. Im ersten Anlauf des Studiums habe ich all diese Seminare gemieden, die ich nicht alleine abschließen konnte. Bis zu fünf Kurse an einem Tag – die ganze Woche lang. Dazwischen saß ich in dunklen Ecken oder im Zug, im festen Glauben, dass, wenn ich nur lang genug wartete, A. wie aus dem Nichts auftauchen würde. Ich hatte mich für ein geisteswissenschaftliches Studium inskribiert, aber mein eigentliches Hauptfach war sie. Meine Gefühle studierte ich und suchte nach Theorien, die ich anwenden konnte, damit A. weiterhin Teil meiner Welt blieb. Ich akzeptierte ihre Abwesenheit nicht und stöberte in der dunklen Wissenschaft nach Möglichkeiten, um sie trotzdem auf meine Seite zu ziehen. Jegliche Art von Experimenten führte ich durch, um das Unmögliche zu überwinden. Wie Frankenstein schuf ich mir den Dämon selbst und legte alles, was sie für mich war, auf den Operationstisch. Aus den noch so kleinen Momenten, die wir im Zug gemeinsam erlebt hatten, stückelte ich eine Geschichte für uns zusammen, die ich durch meine Sehnsucht zum Leben erweckte. Mein Monster war ein Mädchen mit den schönsten Augen.

∞

In einer fremden Wohnung. Übervoll. Wenn jemand fragt, wer ich bin, sage ich, ich sei ein Kollege von N.+O.+P.+Q. Die Musik ist laut. Alles versammelt sich in der Küche. Es wird auf den Tischen getanzt. Rauch überall. Ich bin völlig steif. Nüchtern. Nie fühle ich die Unbeholfenheit meiner einzelnen Körperteile intensiver, als wenn ich versuche, sie in irgendeiner Form zur Melodie zu bewegen. Als wäre plötzlich die Kamera auf mich gerichtet und ich weiß nicht, was ich mit meinen Händen machen soll. Wozu sind sie überhaupt da? Ich bekomme einen selbstgebrannten Marillenschnaps angeboten. Das erste Glas schmeckt nach reinem Spiritus. Beim zweiten kann ich so etwas wie Marille erahnen. Und nach dem dritten... wache mit dem Kopf im Bücherregal auf. Mein Schädel glüht. Was ist passiert? N.+O.+P.+Q. liegen im Zimmer verstreut. Mein Telefon ist verschwunden. Ich warte in der Küche, bis irgendjemand kommt. Bierleichen überall. »Oida! Du hast nach drei Stamperl die Hosen fallen lassen«, sagt ein Boku-Student, nachdem er einen Filter mit Kaffee gefüllt hat. Ich erinnere mich an nichts. Niemand weiß, wo mein Handy ist. Von jedem Partygast, der langsam wach wird, höre ich bloß, was ich alles gemacht haben soll. Es erklärt zumindest mein geschwollenes Fußgelenk. Kurz vor Mittag stehen N.+O.+P.+Q. vor mir. Ich soll eine von ihnen im Schrank geküsst haben. Flaschendrehen. Ich weiß nicht mehr welche. Wahrscheinlich *Die Naive*. »Du bist echt ein anderer Mensch, wenn du getrunken hast«, höre ich noch, bevor ich gehe, ohne zu wissen, ob ein lachender oder entsetzter Unterton in den Worten lag. Das Telefon bleibt verschollen. Nicht das erste Mal.

∞

Restrauschtag in der Stadt. Ich vegetiere auf der unbequemen Couch meines Schulkollegen. Nüchternheit stellt sich nicht ein. Ist es mein Alter? War da was im Schnaps? Oder reicht der Mix mit dem Cortison, dass ich mich so miserabel fühle? Wie immer, wenn ich nichts anderes schauen kann, schalte ich *Der Volltreffer* ein. Der Film gibt mir das wohlige Gefühl, in meinem Sehnsuchtsnarrentum nicht völlig alleine zu sein – inklusive dieses haltlosen Der-Weg-ist-das-Ziel-Euphemismus, den ich irgendwann zu leben beginnen sollte, statt in Endlosschleife einer verlorenen Liebe nachzujagen. Zusätzlich ist John Cusacks Gesicht die ideale Projektionsfläche: melancholischer Clown, der in der Schönheit seiner Unvollkommenheit sich selbst nicht zu ernst nimmt und die Liebe zum einzig absoluten Wert erhebt. Mein Freund kommt von der Arbeit. Keine zwei Wochen nachdem ihn seine Freundin betrogen hat, probiert er es jetzt auf einer Elite-Partner-Plattform. Es sei ein Haifischbecken, sagt er: »Viel zu viele Schwänze!« Akribisch verfolgt er ein genaues Bild seiner Zukunft und geht dabei mit einem Pragmatismus vor, für den ich ihn manchmal beneide. Aus einer Schublade zieht er sein altes Handy und schenkt es mir, bevor er zur ersten Verabredung aufbricht. Um meine Nummer behalten zu können, werde ich wieder etliche Formulare ausfüllen müssen. Aber ich darf sie nicht verlieren! A. war die Erste, der ich sie gegeben habe.

∞

Seit Stunden wach und es ist nicht einmal acht. Trotzdem nichts anderes getan, als auf der Couch zu liegen, und versucht, die Träume zu deuten. Ein Traum: Im Auto. R. sitzt auf dem Beifahrersitz. Ich auf der Rückbank. Schon lange nicht mehr an sie gedacht. Eine Theateraufführung lang haben wir uns in der Kaiserloge geküsst. An die Inszenierung erinnere ich mich nicht mehr. Vermutlich ein Stück von Elfriede Jelinek. Textflächen sind fürs Schmusen gemacht. Danach habe ich R. einige Male geschrieben, aber sie reagierte auf nichts. Mit mir hat sie nur eine kleine Pause von ihrer Langzeitbeziehung eingelegt. Ist es überhaupt sie hier im Traum? Keine Ahnung! Ihr Freund auf dem Fahrersitz beginnt zu reden. Er sieht mich über den Rückspiegel an und sagt, dass er meine Nachrichten gelesen hätte. Ich weiß nicht, wovon er spricht, aber fühle mich sofort schuldig. Habe ich R. im Rausch mit meinem Liebeskauderwelsch überschüttet? Es scheint so, als stehe ihre Beziehung endgültig vor dem Abgrund und sie wäre dabei, ihn für mich zu verlassen. R. schweigt und wirkt wie ein verschrecktes Kind. Der Wagen stoppt in der tiefsten Pampa. Wir steigen alle aus. Plötzlich umarmt mich R.s Freund und sagt: »Pass auf sie auf, wenn sie sich für dich entscheidet.« Alleine mit R. jetzt. Ich nehme ihren Kopf in meine Hände. Wir küssen uns. All das hat nichts Romantisches. Es ist seltsam. Ich weiß, dass sie nichts für mich empfindet. Was macht sie dann hier? Die Geschäftigkeit des Alltags beginnt, als unser Schweigen immer lauter wird... lächerlich, diese Träume. Noch lächerlicher, sie aufzuschreiben. Und doch sehe ich darin meine einzig gültige Wahrheit. Inmitten all dieser Sehnsucht forsche ich einen Menschen aus mir heraus, den ich gar nicht kenne. Warum denke ich gerade jetzt an R.? Fluch der sozialen Medien! Stets trage ich die Verflossenen mit mir.

∞

Auf dem Weg in die Bibliothek. Anruf beim Diagnosezentrum für den Ultraschall. Warteschleife. Danach bekomme ich von der Sekretärin gesagt, wie ich mich vorbereiten soll: »Am Tag vor der Untersuchung rauchen Sie bitte nicht. Auch keine kohlensäurehaltigen Getränke zu sich nehmen. Und vier Stunden vorher gar nichts konsumieren – auch nicht mehr aufs Klo gehen!« Ich weiß nicht, wozu ich diese Untersuchung benötige, aber mache sie trotzdem. Vielleicht nur aus Neugier? Noch immer nehme ich diese Krankheit nicht ernst, sehe sie bloß als Teil einer Geschichte oder als eine wirklich schlechte Pointe meines Friedhofsdaseins. Ich dachte, ich müsste nur die Zeichen richtig deuten, und schon könnte ich mir einen hübschen dramaturgischen Bogen bis zur Erlösung schaffen – diese klassische Heldengeschichte, in der der Protagonist nach dem Tiefpunkt endlich seine Bestimmung findet, sich in einer motivierenden Montage, mit 8oer-Musik unterlegt, selbst aus dem Sumpf zieht und schließlich den Endgegner besiegt. Aber das Gegenteil ist der Fall. Nichts besänftigt mehr die Raserei. Ich verliere die Dickhäutigkeit gegenüber der Welt. Jeder negative Gedanke, jeder negative Eindruck schlägt mit voller Wucht auf mich ein und ich versinke immer tiefer im Boden, bis... Habe ich das Spiel zu weit getrieben und mich durch dieses Totengräbergehabe und den Bernhardwahn selbst krank gemacht? Oder verhält es sich genau andersherum? Irgendetwas in mir wusste bereits, dass diese Krankheit in meinem Körper schlummert, und deshalb fühle ich mich in allen Dingen dem Tod so nah?

∞

Der Lesesaal ist überfüllt. Willkürlich ziehe ich ein paar Bücher aus dem Bernhard-Regal und setze mich direkt davor auf den Boden. Ich notiere Zitate, schreibe einige Überlegungen nieder. Je angestrengter ich versuche, mir über meine Studie klar zu werden, desto mehr entschwindet sie mir... Scheiße! Was mache ich hier? Hitzeschübe. Erhöhter Herzschlag. Panik. Sollte ich diese staubige Bibliothek nicht endgültig verlassen und selbst zum Stift greifen? Warum über einen anderen schreiben, wenn mir bald keine Zeit mehr bleibt? Ich springe auf und laufe ins nächstliegende Café. Verlängerter mit Apfelstrudel und To-Do-Liste: Was will ich im Schreiben erreichen? 1. Ich möchte eine Literatur finden, die mich überwindet – etwas, das selbst nach meinem Tod Bestand hat. 2. Nein!... keine Listen. Das ist noch kein Nachruf! Was will ich? Auf den Bierdeckel vor mir kritzle ich ein paar Worte, die ich sofort wieder wegstreiche. *Fern von A. – warum schreiben?* Mit 15 Jahren hatte ich zum ersten Mal das Gefühl, nicht alt zu werden. Es begann eine Rastlosigkeit, die sich seither nicht mehr gelegt hat. Jedes Mal, wenn ich den Stift ansetze, schreibe ich, als wären es meine letzten Worte. Satz für Satz ringe ich um Nüchternheit, während ich im Pathos ersticke. Ich weiß, mir bleibt keine Zeit für Fiktion und ich muss das Leben beschreiben, wie es ist. Aber was schreiben? Leere im Kopf. Ich steige auf

Bier um und starre gegen eine weiße Wand... *Nichts... Bier... Nichts... Bier... Nichts... Bier...* mich ins Nimmerland trinken und im Allesland schreiben... immer weitertrinken und schreiben... die Sprache ist ein Witz an Worten... ich bin die Fehlgeburt der Liebe – prinzipiell... Konfliktinvasion!... all der Zweifel in meinem Tagebuch... all der Dünnschiss des Literarischen hier... all die Zeremonie des Unsinns... ich muss mir selbst eine Sprache erfinden, um sein zu können... ich muss mich selbst erfinden, um zu leben... ja!... vielleicht wäre das ein Ansatz? Ich: *Der Totengräber-Sisyphos der verlorenen Liebe.*

∞

Filmriss. Ein Abgrund. Menschen, die auf einem Hochseil von einer Seite zur anderen balancieren. Drüben steht A., die mir so nah ist und doch unerreichbar. Ich steige aufs Seil... falle... heilloses Durcheinander meines Innersten. Bin ich noch ernst zu nehmen in diesem Zustand? Ich springe herum wie ein kleines Kind – nur mit dem Wunsch, bei A. zu sein. Ich schreie, schreie, schreie so laut ich kann, aber niemand hört mich. Es ist das Schweigen der Sprachlosigkeit, das bleibt.

∞

Das Letzte, woran ich mich erinnere, ist, dass ich bei einer Brücke stehe. Ich klettere aufs Geländer. Es fällt mir schwer, das Gleichgewicht zu halten, aber ich schaffe es irgendwie, mich hinzusetzen. Mein Oberkörper pendelt hin und her, als würde ich mit einer Achterbahn fahren. Ich ziehe mein Telefon aus der Hosentasche. Wut überkommt mich und ich werfe das Ding im hohen Bogen ins Wasser. Nur geträumt? Nein.

Mein Schädel glüht, als ich die Augen aufmache. »Du solltest echt dein Leben auf die Reihe bekommen«, sagt mein Freund nüchtern, bevor er zur Arbeit aufbricht.

∞

Zurück aufs Land. Kater. Papa und ich helfen dem Bestatter bei einer Exhumierung. Mit Pfosten und Brettern veranstaltet der hiesige Totengräber ein Baggerballett über zwei Grabsteine hinweg. Es ist das neuere Modell von Boki. Er kann den Arm der Schaufel im letzten Drittel ausfahren und braucht deshalb nicht so nah beim Erdcontainer stehen. Schon nach dem ersten Meter stößt die Schaufel auf den Sarg. Das Holz ist schwarz geworden. Der elendige Geruch von Verwesung. »Graust dir schon?«, fragt mich der Baggerfahrer, weil er denkt, dass ich mich gleich übergebe. »Nein«, lüge ich. »Ich bin nur froh, dass ich nichts gefrühstückt habe.« Er lacht und hebt die Leiche aus dem Grab: »Das könnte ich nicht. Nach dem Aufstehen brauche ich immer was zwischen den Zähnen, sonst rennt das Werkl nicht.« Mein Papa stimmt zu und es entsteht eine Diskussion über die Pros und Contras des Frühstückens, während der Bestatter den Deckel des neuen Sarges verschraubt. Hinein in den Transporter. Abfahrt. Danach Eierlieferung an Oma. Ich habe sie schon lange nicht besucht. »Wieso findest denn keine Frau?«, ist gleich die erste Frage, gefolgt von dem Vorwurf, warum ich ihr keine Enkelkinder schenke. »So jung bist ja auch nicht mehr!« Gefüllte Paprika und frisches Brot. Auf dem Weg nach Hause kaufe ich ein neues Telefon. Zur Sicherheit: das billigste Modell.

∞

Papa endlich gestanden, dass Boki kaputt ist. Kein Wutausbruch. Nur ein verschmitztes Lächeln. »Glaubst, du hast einen Trottel zum Vater?« Nächste Woche kommt ein Mechaniker, der bereits zur Begutachtung da war und ihn wieder auf Vordermann bringen wird: Ölfilter wechseln. Poröse Schläuche tauschen. Im Übrigen: dem Alter entsprechend kleinere Wehwehchen. Müssen meine Teile auch irgendwann ersetzt werden? Lunge? Herz? Statt mir die Komplikationen so einer Operation bewusst zu machen, denke ich dabei ausschließlich an einen uralten Horrorfilm: Der Konzertpianist Paul Orlac verliert bei einem Unfall seine Hände und bekommt die eines Mörders transplantiert. Er glaubt, dass darin noch dessen Seele steckt, der Charakter auf ihn abfärbt und er selbst... Ist das wirklich so, dann wünsche ich niemandem mein sehnsüchtiges Herz. Als wäre mein Leben ein unbelichteter Film gewesen, bis A. in den Zug stieg und sich auf ewig darin einschrieb. *Keine Entwicklung mehr möglich.*

∞

Mit dem Hund in den Wald. Es geht ihm scheinbar wieder besser. Für sein Alter sei er prinzipiell noch ganz gut beieinander, sagte die Tierärztin und verschrieb ein paar schmerzstillende Tabletten. Nur auf sein Gewicht müsse ich etwas schauen. Ich weiß! Leider hat er den Versuchungen im Hühnerstall nie widerstehen können. Beim Eingang zum Lagerfriedhof liegt ein laminierter Zettel. Ein Sterbeblatt von 1942, wie ich es hier schon öfter gefunden habe. Name, Geburtsdatum und die immer gleiche Todesart: Lungenentzündung. Genau so, wie es bei mir begonnen hat. Die Ursachen der Sarkoidose seien noch immer nicht geklärt, hat der Arzt bereits mehrmals betont, und es gibt nichts, was ich präventiv tun hätte können. »Manche Dinge passieren einfach!« Trotzdem werde ich das Gefühl nicht los, dass es alleine meine Schuld ist: Graben, Weltschmerz, Trauer... Neben dem Sterbeblatt finde ich einen leeren Umschlag. Auf der Rückseite: die Adresse einer Frau. Darunter einige Notizen. Nichts von Belang. Jedenfalls eine zierliche Handschrift. Der Buchstabe A von einer eigenen Schönheit in der Linienführung. Sie kann noch nicht alt sein, denke ich. Welch wunderbarer Beginn: Der Held betrinkt sich, bis es gar keine andere Alternative mehr gibt, als dieser fremden Frau zu schreiben... und dann... Jede Seifenoper hat raffiniertere Wendungen als mein Kopfkino.

∞

Im Diagnosezentrum. Warten auf den Ultraschall. Neben mir nur Schwangere. Die Uhr tickt so laut, dass an Lesen nicht zu denken ist. *Seitenblicke*, bis ich ins Untersuchungszimmer gerufen werde. Hemd ausziehen. Hinlegen. Die Krankenschwester schmiert das warme Gel auf meinen Bauch. »Vielleicht finden Sie ja damit meinen Sixpack«, sage ich mit der Absicht, charmant zu sein. Mitleidslacher. Bierbauchumkreisung. Auf dem Bildschirm sehe ich nur schwarz. Eine halbe Stunde später kann ich mir bereits den Befund abholen: *regelrecht und unauffällig*. Es könnte genauso gut ein Kommentar zu meinem Schreiben sein.

∞

6 Uhr. Kaffee kochen. Medikamente einwerfen. Notizbuch aufschlagen. Ich sitze in der Küche. Es ist noch finster draußen. Die Gedanken über die Studie verwerfe ich sofort. Neue Ideen kommen nicht, also stelle

ich einige Überlegungen zum Buch über A. an: Vielleicht muss ich die Geschichte eher als Trilogie anlegen! Oder das ganze Material gleich zu einem Film verarbeiten! Wobei das Format der Serie wiederum für die Dramaturgie am besten wäre! Ich zeichne einen Halbkreis in mein Heft. Links: *Anfang*. Rechts: *Ende*. Dazwischen: *Nichts!* Das Geräusch des Kühlschranks hinter mir. Die leuchtenden Zahlen auf dem Herd vor mir. 6 Uhr 15 jetzt! Der Hund winselt im Schlaf. Sein unregelmäßiger Atem beunruhigt mich. Ich schließe die Augen und blende alles um mich aus... Da sind diese Momente, in denen ich A. einfach bei mir fühlen möchte, und alles, was bleibt, ist zum Stift zu greifen. Irgendwie dieses Gefühl reproduzieren, das damals aufkeimte und das ich seither nicht mehr gefunden habe. Die Mine gleitet über das Blatt. Ich höre das leichte Kratzen und da spüre ich A. auf meiner Haut, als wären unsere beiden Körper einer. Dieser Kontakt mit ihr ist echter als jede Wirklichkeit. Wie nennt sich dieses Phänomen berührungsloser Berührung in der unauslöschlichen Distanz? Realitätsverlust eines pathologischen Romantikers?

∞

6 Uhr 30. Papa ruft. Zum Friedhof. Erdcontainer aufstellen. Die verwelkten Kränze und Buketts liegen noch auf der Ruhestätte. Erst der Sohn. Jetzt der Vater. Es sollte keine Komplikationen geben. Wir wissen ja bereits, wie die Lage da unten ausschaut. Papa schaufelt durch den Lehm. Kurz vor dem Sarg stößt er auf die nachgeworfenen Rosen. Sie haben ihren Duft nicht verloren. Der Deckel ist bereits zusammengebrochen. Kein Hohlraum mehr. Den Maßstab erspart sich Papa und er muss nur der Rahmung der vorhergehenden Kiste folgen. Starker

Regen war angesagt. Zum Glück nieselt es nur. Trotzdem völlig nass am Ende.

∞

S. schreibt: »Wie geht es dir? Lange nichts gehört!« Wie es mir geht? Große Leere bei gleichzeitiger Überambition, während ich den täglichen Selbstbezichtigungstrieb etwas zu beschwichtigen versuche ... also das Übliche in diesem Grenzlandschaftswandeln ... oder anders gesagt: Ich schreibe mich wieder zu sehr in mich selbst hinein und verliere etwas den Anschluss ans Leben. Und sonst kämpfe ich weiter gegen die Schatten auf meiner Lunge an und versuche, mich trotz der Medikamente wie ein Mensch zu fühlen. »Ganz gut so weit«, antworte ich. Vor wenigen Wochen waren S. und ich uns durchs Schreiben nah gekommen. Wir machten ein Treffen aus. Kurz davor wurde ich von ihr geghostet! Nicht eine Silbe mehr und keine Möglichkeit, sie zu erreichen. »Ich bin morgen in der Stadt. Noch immer Lust auf ein Date?«, fragt sie jetzt.

∞

3 Uhr früh. Todmüde. An Schlaf ist nicht zu denken. Jede halbe Stunde will der Hund raus. Er bellt. Ich muss ihm beim Aufstehen helfen. Er plagt sich die zwei Stufen hinunter und verschwindet kurz in der Dunkelheit. In seinem Bett will er schon lange nicht mehr liegen. Zwei, drei ganze Umdrehungen macht er und lässt sich auf die kalten Fliesen fallen. Ich schließe die Augen. Traumbilder tauchen auf. Eine schöne Szene mit ... das nächste Bellen. Ich dachte, die Schmerzen wären vorbei.

∞

18 Uhr. Spaziergang durch die Stadt, bis ich S. treffen werde. Ich erwarte nichts und doch ist da diese Aufregung. Sie wäre wohl größer, wenn sie etwas näher wohnen würde. Wozu diese Verausgabungen, die letztlich zu nichts führen? Ich gehe an einer langen Schlange beim Burgtheater vorbei. *SchauspielBar.* Spontanbeiträge können vorgetragen werden. Meine erste und einzige Lesung hatte ich in diesem Rahmen. Zehn Minuten vor Menschen, die mir ausgesetzt waren, egal, was ich machte. Ich ging mit einem Pseudonym auf die Bühne. Kein Name. Nur eine Berufsbezeichnung: *Totengräber.* Nicht einmal einen Artikel stellte ich voran. Trotz introvertierten Wesens und künstlerischer Unbefleckheit dachte ich, ich wäre vor Publikum eine *Instant-Madonna.* Outfit: alles schwarz – außer einem roten Punkt am Hemdkragen. Das Licht wurde gedimmt bis zur völligen Finsternis. Die Notlichter blieben an. Mit einer Taschenlampe leuchtete ich auf den am Abend zuvor verfassten Wut-Text (inklusive Publikumsbeschimpfung). Studienproteste fanden damals statt. Das Audimax besetzt. *Der Mensch in der Revolte.* Ich dachte, es wäre wahnsinnig originell, mich als diese Kunstfigur zu inszenieren. Die Worte schrie ich aus mir heraus, um meiner Unsicherheit keinen Spielraum zu geben, und feuerte Satz für Satz in die Masse. Verhaltener Applaus. Kaum Reaktionen. An der Bar wollte niemand mit mir reden, bis zur späteren Stunde eine Schauspielstudentin zumindest die Art meines Vortrags und die Inszenierung lobte. »Die Sprache ist nur Form, deren Inhalt in jedem von uns selbst liegt«, antwortete ich aus Verlegenheit, statt mich einfach zu bedanken und ihrer Einladung zu folgen, sie auf die Tanzfläche zu begleiten.

∞

Mitternacht. Gerade S. gehen lassen. Verabschiedet ohne Kuss. Sie fährt jetzt drei Stunden nach Hause. Ein seltsam schönes Treffen, das mich mit Ratlosigkeit zurücklässt. Zurück zum Anfang: Treffe S. vor dem Stephansdom. Sie kommt eine Viertelstunde zu spät. Überdreht. Den ganzen Tag hatte sie Termine, die scheinbar nicht das gewünschte Ergebnis gebracht haben. S. redet schnell. Wir setzen uns zu den Fiakern. Sie raucht dünne Zigaretten. Ein Ex-Freund habe sie dazu verführt, sagt sie. Danach in einen Gastgarten. Weißer Spritzer. Gespräche quer durchs Feld. Ohne Filter sagt S. alles genau in dem Moment, in dem es ihr einfällt. Durch das Schreiben mit mir hätte sie die Befürchtung gehabt, dass ich sehr düster und spaßbefreit sei, und negative Menschen brauche sie gerade nicht in ihrem Leben. S. erzählt von ihrem Termin bei einem Facharzt, weswegen sie in die Stadt gekommen sei. Die nötige Behandlung würde ein Vermögen kosten. Ich möchte nachfragen, von welchem Leiden sie genau spricht, aber lasse es bleiben. Nichts Dunkles sagen – auch von meiner kaputten Lunge erwähne ich nichts. Burger in einem australischen Pub. Wir sitzen jetzt näher beieinander. Ich streiche über ihren Arm und deute die vielen kleinen Tätowierungen als Bilderbuch ihrer Seele. Nach weiteren Banalitäten redet S. von Reisen, die wir gemeinsam machen könnten: »Warum fahren wir nicht sofort zum Flughafen und fliegen weg? Egal wohin!« Meint sie es ernst? Sie sei schüchtern, hat S. ganz am Anfang unseres Kennenlernens geschrieben. Davon sehe ich jetzt nichts. Überspielt jeder seine Unsicherheiten anders? Ich blicke in ihre Augen, beuge mich leicht nach vor. Zwei Sekunden hält S. es aus, einfach still dazusitzen und schon spinnt sie eine neue Idee: Ausflug in die Berge. Wanderung zum höchsten Punkt. Zelt. Sonnenaufgang. »Oder wir setzen uns einfach in mein Auto und bleiben dort stehen, wo uns das Benzin ausgeht!« Ihr Enthusiasmus gefällt mir. Am liebsten würde ich sofort aufspringen und... Zahlen! Ich begleite S. durch den Stadtpark zur U-Bahn. Plötzlich wird sie verlegen und still. Hat sie sich mehr von mir erwartet? Ich wähle einen Weg im Licht, wo wir nicht alleine sind, und erzähle von meinem Auftritt als *Totengräber* im Burgtheater. Mein naiver Größenwahn sowie der Begriff *Instant-Madonna* erheitern sie zum Glück, also versuche ich ihr meine Überlegungen von damals zu schildern: »Mit dem *Totengräber* wollte ich mich selbst zur literarischen Figur erheben, um...« Ich gerate ins Stocken. »Und was ist aus diesem *Totengräber* geworden?« Gestorben, will ich antworten, aber zucke dann doch nur mit den Schultern. »Warum bist du nicht einfach du selbst und erzählst die Dinge, wie sie sind? Scheinbar liegt dir so einiges auf dem Herzen. Es muss ja nicht alles immer so gekünstelt sein. Ich verschlinge da gerade eine irrsinnig spannende Fantasy-Reihe, die sprachlich megagut zu lesen ist.« Ich verstumme. Keine passende Replik kommt mir in den Sinn. Die U-Bahn fährt ein. Eine kurze Umarmung zum Abschied. Die Türen schließen sich. Während die Worte von S. noch in mir widerhallen, schreibe ich ihr: »Ich hätte dich küssen sollen!« Irgendwie auch ein passender Titel für mein Tagebuch verpasster Romanzen. Keine Antwort mehr. Ihr Profil verschwindet wieder.

∞

Manchmal möchte ich ein Schwein sein. Genau wie Epikur es beschreibt. Kein Rückgrat haben, also die Unmöglichkeit besitzen, in den Himmel zu blicken, um nur zu sehen, was vor einem liegt – direkt vor den Augen. Ich bin blind geworden, als ich zu lange zum hellsten Stern von allen sah: A. – noch immer gilt mein letzter

Kuss des Tages ihr. Bald ist am Himmel kein Platz für meine Küsse mehr.

∞

Der Großvater einer Freundin ist gestorben. Ich kannte ihn gut. Beim Graben hat er uns stets mit dem Dorftratsch versorgt und als ich mehr über den Lagerfriedhof neben unserem Acker erfahren wollte, hatte ich ihn besucht. Ich nahm das Interview mit der Kamera auf. Eindringlich erzählte er, wie er als Kind den Kriegsgefangenen zugesehen hätte, während sie Gräber für ihre Kameraden aushoben. Für ihn wirkte es wie ein Spiel. Ich war fasziniert und wollte weiter über die Vergangenheit reden, aber er nur über das eine: Frauengeschichten. Nachdem ich die Kamera abgedreht hatte, fuhren wir die noch übriggebliebenen Bunker ab und anschließend alle Höfe von alleinstehenden Bäuerinnen. Zwar mehrere Jahrzehnte älter als ich, aber »gute Partien mit reichlich Hektar«. Er lachte. »Der Dorf Don Juan«, notierte ich damals in mein Heft und sehe mir jetzt diese Aufnahmen wieder und wieder an. Trotz großer Schicksalsschläge hat er nie seine Leichtigkeit verloren. Die Passagen, in denen er von seiner Kindheit und Familie spricht, schneide ich zu einem kurzen Film zusammen, um es vor der Trauerfeier der Enkelin zu geben. Noch immer fällt es mir schwer, einem anderen Menschen mein Beileid auszudrücken. Die Arbeit auf dem Friedhof wird schwierig, wenn ich nicht nur Särge begrabe.

∞

Die Medizinerin für Inneres erwähnte, dass die Sarkoidose und/oder das Cortison auch die Augen angreifen könnten. Ich bekomme sofort einen Termin in einer Ordination in der Stadt. Warten. Eine einzige Abfertigungsindustrie. Unruhe. Hitze. Ich atme schwer. Messung des Augendrucks neben dem Empfangstisch. Kopf in eine Schlaufe legen. Ein Luftstoß kommt. Warten. Gesichtsfeldmessung in einer dunklen Kammer. Sobald ich weiße Punkte aufleuchten sehe, muss ich einen Knopf betätigen. Schnell wird es ermüdend. Der Schweiß rinnt mir über die Stirn und ich drücke nur noch auf Verdacht. Warten. Ich werde in die Kammer eines Assistenten gerufen. Immer kleiner werdende Buchstabenfolgen ablesen. Bisher habe ich nur einmal vor dem Bundesheer einen Sehtest machen müssen. Der Augenarzt sagte dort: »Wir sehen uns nie wieder!« Ich nahm es als Kompliment. Fliegertauglich: 10. Mehr geht nicht! Und jetzt? Mein Körper zerstört durch die Krankheit und Medikation. Warten. Die Schwester kommt und tropft mir die Augen ein. Es brennt. Eine Viertelstunde später werde ich zum eigentlichen Doktor vorgelassen. Ich erzähle ihm, warum ich hier bin, und kann nicht erkennen, ob sein Blick ein skeptischer ist. Mit einer Lupe sieht er in meine Pupillen. »Leichte Entzündungen, aber nichts Gravierendes«, diagnostiziert er. »Sie sollten jetzt jährlich zu einem Check kommen, damit wir sehen, ob es schlimmer wird.« Ich bin der Letzte, der nach Mittag die Praxis verlässt. Drei Stunden werde ich durch das Eintropfen noch verschwommen sehen, bekomme ich gesagt.

∞

Greller Tag heute. Ich taumle die Gassen entlang. In der Nähe des Bahnhofs setze ich mich zur Sicherheit auf eine Parkbank. Ich versuche die genaue Diagnose zu lesen, aber sehe nur verschwommene Buchstaben. Wer bin ich ohne Augenlicht? Ich fühle mich verloren und jeder Freiheit beraubt. All meine anderen Probleme sind plötzlich so nichtig. Wie fragil ist der Zustand meines Wesens? Es hängt alles an einem seidenen Faden... Mehr Plattitüden und Metaphern auf dem Weg zur Selbsterkenntnis fallen mir gerade nicht ein. Wann endlich kommt mein Erleuchtungsmoment in dieser Krankheit? Wann? *Augen schließen. Augen öffnen...* und da läuft A. an mir vorbei. Ich springe auf. Der Weg ist auf einmal überfüllt mit Menschen. Ich versuche dem goldenen Haar zu folgen. Seitengasse. Das Herz pocht. Als die junge Frau stehen bleibt, tippe ich ihr auf die Schulter. »Ja?«, höre ich ihre zarte Stimme. A. erkennt mich nicht. »Mario. Zug. Gedichte«, häufe ich Substantive aneinander, weil ich keine Sätze bilden kann. Meine Augen tränen. »Erinnert sie sich?« *Dramatische Pause.* »Es tut mir leid«, sagt das Zauberwesen mit den Marmoraugen und verschwindet langsam. Unmöglich A. – oder doch? In so vielen Gesichtern habe ich bereits geglaubt, sie zu sehen, aber würde ich sie nach all meinen Sehnsuchtsübermalungen noch erkennen? Wie viel von dem Denkmal, das ich aus ihr errichtet habe, ist sie? Unmöglich A. – wann akzeptiere ich das endlich.

∞

Ich lebe, als hätte man mir das Ende eines wirklich guten Films verraten. Die Spannung ist draußen und ich konzentriere mich nur noch auf Details.

∞

In eine Sportbar. Wettquoten auf den Bildschirmen. Männer vor Automaten. Was ist die Kunst des Schriftstellers – der Liebe? Die Amnesie aus Erfahrungen zu lernen und jeden Tag in die Welt hineinzuschreien, als wäre es das erste Mal? Blöde Allgemeinplätze wieder. Fußball und Bier. Meine Sehkraft ist vollständig zurück. Ich schreibe T.+U.+V. Sie sind scheinbar Freundinnen, was ich bis zu diesem Zeitpunkt nicht wusste. T. lädt mich zu einer Lesung ein, die sie veranstaltet und zu der auch U.+V. kommen werden. »Du kannst doch als dieser *Totengräber* auftreten!« Ich mag T. Ich merke es daran, dass ich ungeduldig auf ihre Nachrichten warte. Aber ich habe eine Nacht mit U. verbracht, der ich manchmal betrunken unmoralische Angebote mache. Und war einmal in V. verliebt, deren jetziger Freund der ehemalige Schulkollege von U. und Bruder von T. ist. Die Liebe ist ein Dorf. Offenen Auges renne ich ins Chaos und alles, woran ich dabei denke, ist die Handlung einer miserablen Komödie. In meinem Kopf ist es ein Mix aus Ödön von Horváth und Shakespeare, aber im Notizheft nur... *verschüttetes Bier.*

∞

Im Burgtheater wird mein allererstes Theaterstück inszeniert. Kaum Publikum und auch die letzten Leute gehen, nachdem keiner der Affen, die vom Regisseur statt Schauspielern engagiert wurden, seinen Text kennt. Ich auch nicht! Musik von Nirvana erklingt. Anscheinend habe ich eine Tragödie über den *Club 27* verfasst. Was, wenn ich mein Schreiben überlebt habe und jetzt nichts mehr kommt? Was, wenn ich mich völlig ausgebrannt habe, ohne auch nur irgendetwas zu erreichen? *Schnitt.* Ich sehe A. im Zuschauerraum. Egal, was ich mache, ich finde keinen Weg, um zu ihr zu gelangen. Die vierte Wand ist ein Labyrinth.

∞

5 Uhr. Aufwachen. Der Hund will hinaus. Er tritt in die Dunkelheit und kommt nicht wieder. Gegen 8 Uhr finde ich ihn völlig durchnässt im Stall liegen. Ich muss ihn stützen, damit er es zurück ins Haus schafft, wo er einfach umfällt. Die gerufene Tierärztin verschreibt weitere Pillen und gibt ihm eine Spritze gegen die Schmerzen. Was sie sagt, möchte ich nicht hören.

∞

Polterer mit Fußballkollegen. Delirium und Zerstörung. Rastloses Umherirren in einem Club. So lange trinken, bis ich mich auf die Suche nach A. mache und sie in allen Frauen sehe. Weitertrinken. Ständig laufe ich im Kreis. Gefangen in einem *Babel* aus fünf Floors, dabei ist es nur einer. Ich bin ein Fisch im Aquarium. Frische Luft. Stiegen in einen Keller hinab. Frauen tanzen jetzt. Denke ich. Oder nur ein Traum? Ich tippe Zahlen in ein Gerät, während ich auf drei Sprachen gesagt bekomme, wie sexy ich sei. Volltrunken um die Gage von zwei Begräbnissen erleichtert. Keine Erinnerung. Telefon weg. Ich glaube, ich habe es am Anfang des Abends einer W. in die Tasche gesteckt, damit sie mir schreibt. Aber wie?

∞

I Hate Myself and Want to Die. Wieder und wieder wiederhole ich diese Worte im Kopf. Welch Monster sitzt da in mir? Selbstmordszenarien. Ich bräuchte nicht einmal selbst Hand anlegen – einfach der Krankheit die Zügel überlassen... aufgeben! Manchmal ist der einzig tröstliche Gedanke jener, sich vorzustellen, wer um mich trauern würde, wenn ich nicht mehr da bin. Da ist niemand! Ich stehe auf, um mir meine Medikamente zu holen. In der Nacht hat der Hund rausmüssen, aber ich habe ihn nicht gehört. Die ganze Wohnung ist jetzt voller Dünnschiss und er schläft in seinem eigenen Dreck. Beim Aufwaschen übergebe ich mich.

∞

6 Uhr 30. Papa ruft. Noch immer betrunken zum Friedhof. Mehrmals falle ich mit der Scheibtruhe um. Die Welt um mich ist in Nebel gehüllt. Ich klaube die Knochen aus der Erde, damit sie nicht im Müll landen. Seit Tagen dieses Gefühl, dass bald das Ende kommt.

∞

Das Kind fühlt sich unsterblich. In aller Naivität ist es mitten im Leben, ohne an ein Davor oder Danach zu denken. Die eigene Sterblichkeit: eine Fantasie des Spiels. Der Tod: etwas, das jederzeit rückgängig gemacht werden kann. Begräbnis um Begräbnis zieht an mir vorbei und ich denke mich im Auge des Sturms unendlich.

∞

Weitertrinken. Nicht nüchtern werden. Ich vergesse die Tage und weiß nicht, ob das gerade notierte Datum überhaupt stimmt. Täglich versuche ich, in dieses Heft zu schreiben, aber was, wenn ich es einmal nicht geschafft habe und seither hintennach bin? Einen Tag, zwei Tage, drei... wie soll ich die Zeit je wieder aufholen? Vieles vergesse ich in meinem Delirium und in dem ständigen Kampf gegen die Dämonen. Ist *heute* noch heute? »Denn Heute ist nur ein Wort, das Selbstmörder verwenden dürfen«, heißt es zu Beginn von Ingeborg Bachmanns Roman *Malina*, »für alle anderen hat es schlechterdings keinen Sinn, *heute* ist bloß die Bezeichnung eines beliebigen Tages für sie.« Schon lange atme ich nicht mehr auf ein Heute hin; nur noch Wort für Wort für Wort.

∞

Begräbnis. Danach in die Stadt, um W. zu treffen. Sie stammt aus Weimar. Vielleicht das Einzige, was ich an ihr interessant finde. Nachdem mir W. letzte Woche mein Telefon zurückgegeben hatte, verbrachten wir eine Nacht miteinander – jetzt will sie mich höflichkeitshalber persönlich abservieren. Ich erkenne es daran, wie sich ihre Nachrichten im Ton geändert haben. Wahrscheinlich war ich nur eine unbedeutende Verrücktheit für sie. Es wird ein holpriges Gespräch werden und ich weiß genau, was sie mir – kurz bevor sie zu einer irrsinnig wichtigen Sache müsse, die leider ganz unerwartet reingekommen sei – sagen wird: »Ich mag dich, wirklich, aber... A: da ist ein anderer. B: leider nicht auf diese Art. C: es ist gerade echt schwierig und chaotisch in meinem Leben.«

∞

Mitternacht. Abserviert von W. mit dem Hattrick aus ABC. Mein Blick verschwimmt an der Theke einer Bar. Die Menschen um mich lachen – leben! Unmöglich jetzt, sie nicht als reines Entsorgungsmaterial zu sehen.

∞

Zurück aufs Land. Betrunken schreibe ich Thomas Bernhards Halbbruder einen Brief. Er ist Mediziner und der Einzige, an den ich denken kann, der mir einen neuen Lungenarzt empfehlen könnte. Wer sollte besser über diese Krankheit Bescheid wissen als jemand, der ihr Ende gesehen hat.

∞

Montag. Um 10 Uhr zur Hausärztin. Bewilligung für die – ich weiß nicht mehr wievielte – Lungencomputertomografie holen. Zurück zu Hause liegt der Hund vor der Tür. Er schafft es nicht mehr die Stiegen hoch, also tragen Papa und ich ihn in den Stall. Wir machen ihm ein Nest aus Heu. Mehrmals versucht er aufzustehen, aber er kann es nur noch laufen lassen. Seit Tagen hat er nichts Festes mehr zu sich genommen. Ich hole etwas Wasser und wasche ihn mit einem Tuch ab. Das Fell hat jeden Glanz verloren. Gegen Mittag wird der Atem langsamer – tiefer. Seine Augen sind die ganze Zeit geschlossen. In Dauerschleife flüstere ich ihm ins Ohr, dass alles wieder gut werden wird... dass er jetzt gehen... dass ich ihn immer... dass ich... ich... Ich lege meine Hand auf sein Herz, als es zu schlagen aufhört. Er schläft einfach ein. Sein Kopf in meinem Schoß. Kein Zucken. Nichts. Selbst in seinem Tod ist er der treueste Begleiter. Er nimmt mir die Entscheidung ab, vor die mich die Tierärztin gestellt hat. »Irgendwas frisst ihn von innen heraus auf!« Ich wäre nicht stark genug gewesen, um zu bestimmen, wann seine Leiden zu viel sind. Die Nacht über sitze ich wie versteinert vor seinem leblosen Körper. Ich kann nicht atmen. Nicht mehr...

∞

Mit Boki grabe ich ein Loch bei den Hühnern. Wann kommen die Tränen?

∞

»Wäre es möglich, *mehr* zu lieben?«, schreibt Elias Canetti. »Einen Toten durch mehr Liebe zum Leben zurückzuholen, und hat noch keiner genug geliebt? Oder würde eine Lüge genügen, die so groß ist wie die Schöpfung?«

∞

X.

∞

Y.

∞

Z. an der Schnapsbar eines Dorffestes. Wir kennen uns, seit wir Kinder sind. Da war immer eine gewisse Anziehung zwischen uns, aber wir hatten nie das richtige Timing. Z. möchte, dass ich sie auf einen Tequila einlade. Wir trinken schnell. Nach der zweiten Runde gestehe ich ihr, wie verliebt ich in sie war. »Ich weiß«, sagt sie. »Das war nicht zu übersehen.« Noch immer ist Z. mit ihrem Uralt-Freund zusammen. Statt für mich hatte sie sich damals für ihn entschieden. Zwei Wochen später traf ich A. im Zug. »Und du jagst noch immer deinen Träumen nach?«, fragt Z. rhetorisch. Schluck für Schluck kommen wir uns näher. Als ich mich etwas auf die Seite beuge, um eine weitere Runde zu bestellen, berühren sich flüchtig unsere Lippen. Z. blickt nervös um sich, nimmt meine Hand und führt mich hinaus. Adrenalin. Aufregung. Wir laufen hoch zum alten Teich. Z. drückt mich auf eine Parkbank. Unsere Küsse sind so leidenschaftlich, als müssten wir in wenigen Augenblicken aufholen, was wir in den letzten

Jahren verpasst haben. Die Zeit dreht sich zurück. Die Geschichte schreibt sich neu! Ich bin im Glück, bis mich Z.s Freund von ihr zerrt. Verständlicherweise will er mich erschlagen. Seine Faust ist ganz nah an meinem Gesicht. Er holt aus. Ich mache keine Anstalten, mich zu wehren. Von den Küssen zittern meine Lippen noch und formen sich zu einem Grinsen. Mein 17-jähriges Ich lacht über die Erfüllung seines sehnlichsten Wunsches! Blut fließt über das rechte Auge meine Wange hinunter. Platzwunden kenne ich vom Fußballspielen zur Genüge. Der Aufschlag tut nicht weh. Erst das Danach... Mein Gegenüber brüllt jetzt unzusammenhängende Laute und verschwindet. Anscheinend zeige ich nicht die richtige Reaktion auf seine Wut. Z. läuft ihm nach: weint, schreit! Benommen taumle ich auf die Straße. Der Motor eines Wagens heult. Quietschende Reifen. Lichter rasen auf mich zu. Ich schließe die Augen. Es ist ein passendes Ende, denke ich. Sein Leben ist vorbei, wenn er mich überfährt, und meine Geschichte muss nur noch geschrieben werden.

FÜNFTES HEFT

Es war keine Liebe auf den ersten Blick. A. und ich mussten uns aneinander gewöhnen. Zu Beginn der Schulzeit sprachen wir kein Wort. Wir teilten nur eine gemeinsame Zugfahrt. Oft saßen wir durch viele Sitze getrennt, manchmal ganz nah, und bald schon hielten wir uns im stillen Einverständnis Plätze frei. A. las viel. Jeden Tag hatte sie ein Buch vor sich liegen und kritzelte es mit Zeichnungen voll. Erst, als ich meine fixe Zahnspange los war, die mich zu einem schweigsamen Monster gemacht hatte, nahm ich das als Anlass, A. endlich anzusprechen. »Magst du Filme?«, war alles, was mir nach wochenlangem Ringen einfiel. *Magst du Filme?* Was sollte sie darauf antworten? Kurz vor ihrem Ausstieg beugte sich A. zu mir und flüsterte in mein Ohr. Von diesem Moment an waren die Zugfahrten mit ihr alles, worauf ich mich Tag für Tag freute.

Im Garten. Zwei Katzen jagen den Schwalben hinterher. Ein Huhn wühlt nach Würmern. Der Hund schnarcht neben mir. Ich strecke die Hand nach ihm aus... Wie leer fühlen sich Orte an ohne die Liebe.

Brief von der Sozialversicherung. All die Extraposten der Untersuchungen angeführt. Einziehungsauftrag. Meine Währung sind die Toten.

∞

Schönbrunn. Ich gehe am Affenhaus vorbei und biege in die Villensiedlung. Thomas Bernhards Halbbruder hat meine Anfrage weitergeleitet und mir wurde der Chefarzt der Lungenklinik Hietzing empfohlen. Zurück zum Anfang. Privatordination. Ein Zimmer in einer Altbauwohnung. Dunkles Holz überall. Ein Geschenkkorb mit italienischem Wein auf dem Tisch. Während sich der Doktor in seinen Stuhl fallen lässt, fragt er mich forsch, was mir fehlt? Mit dem Gefühl, einem anderen Menschen Zeit zu stehlen, erzähle ich von der Diagnose, der Therapie bis jetzt und ziehe meine Befunde aus dem orangen Plastiksack. Der Chefarzt blättert alles durch. Mehrmals schüttelt er den Kopf. »Jeden Monat eine Computertomografie?« Ich nicke. »Hast du akute Beschwerden?« – »Nein«, antworte ich, »zumindest nicht mit der Lunge.« Ohne dass ich dagegen ankämpfen könnte, füllen sich meine Augen mit Tränen. »Was machst du beruflich?«, fragt der Doktor, um das Gespräch in eine andere Richtung zu lenken. Ich zögere: »Graben... schreiben...« – »Ein Poet!« Sein darauffolgendes Lachen ist ansteckend. Wir wechseln den Raum. Auf einem Computer sieht er sich die letzten Bilder meiner Lunge an: *Ich in Scheiben.* Weiße Rahmung in tiefschwarzem Feld. Dazwischen: Sternschnuppenschauer. Zurück im Büro sagt der Chefarzt mit klarer Stimme, dass sich die Sarkoidose bei jedem Patienten anders entwickle. Sie komme und gehe in Wellen – ohne geraden Verlauf. Wie die Trauer, denke ich. Mit der Cortison-Therapie wurde seiner Ansicht nach zu früh begonnen. Sie habe zwar die Schatten reduziert, aber das stehe nicht im Verhältnis zu den von mir beschriebenen Nebenwirkungen. Das Wohlbefinden des Patienten sei ein wesentlicher Teil der Heilung. Außerdem wurden nicht alle Untersuchungen gemacht. Es fehle die Ergospirometrie. »Machst du Sport?«

∞

Vor Sonnenaufgang. Medikamente. Laufschuhe. Durch den Lagerfriedhof in den Wald. Die übliche Runde das Gebirge hinauf. Kein steiler Anstieg und doch das Gefühl, als würde mich ständig etwas zurückziehen. Jedes Gramm zu viel, wie Bleigewicht. Komme ich überhaupt voran? Ich atme schwer. Bilder im Kopf. Blitzlichter. Am höchsten Punkt endlich eine gerade Ebene. Ich beschleunige das Tempo. Die Luft ist kalt. Der Tau an den Blättern reflektiert die ersten Sonnenstrahlen. Hinab. Mein Atem wird gleichmäßiger. Im letzten Stück verlasse ich den Feldweg. Vorbei an dichten Baumreihen versinken meine Füße im Laub. Noch ein Anstieg. So steil, dass ich bald auf allen vieren bin. Herzrasen. Der Puls am Limit und darüber hinaus. Oben angelangt, schreie ich die noch übriggebliebene Luft aus meinen Lungen. Eine Wiese ist hier. Nur die Vögel und der Wind jetzt. Es ist mein liebster Ort. Die Lichter des Flughafens in der Ferne. Der Bauernhof ganz nah. Und ich im Dazwischen: träumend.

∞

A. war der erste Mensch, dem ich vom Friedhof erzählte. Es passierte zufällig. A. wollte von meinem Wochenende erfahren und bohrte so lange nach, bis ich auf die letzte Beerdigung zu sprechen kam. Mit meinen Schulkollegen hatte ich nie darüber geredet, was Papa neben der Landwirtschaft machte und womit ich mein Taschengeld verdiente. Ich schämte mich wohl dafür. A. wollte jedes Detail wissen, Dinge, über die ich mir bisher kaum Gedanken gemacht hatte. Der Totengräber war seit meiner Kindheit Teil von mir. Wenn jemand starb, lag es in unserer Verantwortung, genauso wie das Einholen der Ernte im Sommer und das Ackern im Herbst. Ich musste für A. ganz am Anfang beginnen und sie hörte genau zu. Meine Schilderungen schreckten sie nicht ab, wie ich befürchtet hatte. Im Gegenteil! Ihre Neugier war grenzenlos und sie bremste mich immer wieder ein, wenn sie gewisse Begriffe nicht verstand. Bis zu diesem Zeitpunkt wusste ich vielleicht gar nicht, dass nicht alle Menschen durch dieselben Augen blicken. Um A. von meinem Leben zu erzählen, musste ich es ihr beschreiben, als wäre es gar nicht meines.

∞

»Meine Urlioma wurde 1942 geboren. Die Zeiten waren erbärmlich, also half sie schon als Kind ihren Eltern bei der Ernte. Meine Urlioma liebte das Kino. Dort hat sie als Kartenabreißerin ihr Taschengeld verdient und dabei den Urliopa kennengelernt. Die beiden mussten immer viel arbeiten. Als sie in Pension waren, wollte meine Urlioma mit dem Urliopa in den Urlaub fahren, das konnte sie aber nicht mehr, weil der Urliopa tot war. Also ist sie mit der Helga gefahren.« Das Mädchen spricht im Ton eines Schulreferates. Ihre Stimme bricht, als sie Sätze vorliest, die sie selbst erlebt hat: »Es war schön,... dass wir... uns... von der Urlioma... noch verabschieden durften.«

∞

Vielleicht erahnte ich von Beginn an, dass A. der Tod nicht fremd war. Menschen reagieren anders, wenn sie ihm auf irgendeine Weise begegnet sind. Das Band zu anderen scheint getrennt und da ist diese unsichtbare Verbindung zwischen allen, in die er sich eingeschrieben hat.

∞

6 Uhr 30. Medikamente. Ich spare mir das Morgentraining und fahre gleich zum Friedhof. Erdcontainer aufstellen. Graben. In drei Stunden fast 1000 Kalorien verbrannt. Ausschwitzen. Duschen. Alles schmerzt. Gegrillte Putenstreifen auf Salatblatt. Aufbahrungshalle. Der junge Nachrufredner tritt ein. Seit zwei Begräbnissen nicht mehr das *Schiffgedicht*. Seine Sätze haben einen anderen Ton jetzt. Die Form fällt weg und der Mensch dahinter bleibt. Beim Eingraben kaum Anstrengung. Trotzdem ist das Hemd völlig durchnässt. Wann zeigt die tägliche Askese Wirkung? Verzichte auf das Schnitzel beim Leichenschmaus. Schaumbad und Tee.

∞

»Erster Schritt: Weg von zu Hause! Zweiter Schritt: Die ganze Welt sehen...«, schilderte ich A. meinen detaillierten Lebensplan und schlug den alten Atlas auf. Seit Jahren machte ich nichts lieber, als mit dem Finger über die Landkarte zu fahren und mir vorzustellen, wohin ich reisen würde. Die gesamte Schulzeit hatte ich bereits für dieses Abenteuer gespart und griff nichts von dem Taschengeld an, das ich für das Begraben der Toten bekommen hatte. Als A. nach konkreten Zielen fragte, stammelte ich bloß etwas von *Freiheit*. Ich wollte mich losreißen von dem Gefühl, ständig auf Abruf zu sein und die Erwartungen anderer erfüllen zu müssen. Ich wollte – ich weiß es nicht. Einfach weg von allem, was ich kannte, um unterwegs Antworten auf Fragen zu finden, denen ich mich nie gestellt hatte. »Wenn man all die Stunden zusammenrechnet, die wir bereits im Zug verbracht haben, sind wir bestimmt schon einmal um die Welt gereist«, sagte ich zu A. im Scherz. »Dann kannst du mich ja weiter begleiten!« Sie lachte nicht.

∞

Aufwachen. Medikamente. Kaffee. Zwei Wochen keine Milch mehr und ich fühle mich besser. Ins Hallenbad. Nur Pensionisten hier. Gymnastik nach Anleitung. Ich setze mich an den Beckenrand und ziehe an den porös gewordenen Gummibändern meiner Brille herum. Ein alter Mann geht durchs Wasser. Er bleibt neben mir stehen. Von dem, was er sagt, verstehe ich bloß ein paar Wortfetzen, die ich als »Endlich meine Ablösung!« interpretiere. Er lacht. Erst jetzt sehe ich, dass eine Hälfte des Gesichtes gelähmt ist. Der rechte Mundwinkel hängt herunter, als könnte er der Schwerkraft nichts mehr entgegensetzen. Der alte Mann steigt aus dem Becken. Sein rechter Arm ist steif. Die Hand gleicht einer Kralle. Im unkoordinierten Zusammenspiel der Beine watschelt er zur Garderobe. Er kämpft sich zurück! Die ersten Bahnen Brust. Danach Kraulen, bis mich die Kraft verlässt. Zum Abschluss Rücken. Unter Wasser werden die Geräusche zu einem dumpfen Widerhall. Für einen Augenblick schwerelos. Kurze Pause. Wiederholung. Pause. Wiederholung. Mir fehlt jegliche Technik. Muskeln ermüden, die ich gar nicht kenne. Bevor ich das Becken verlasse, tauche ich hinab. Ich lasse etwas Luft raus und halte den Atem an. Völlige Stille. Danach Dampfbad. Ich schäme mich meiner eigenen Nacktheit. Zwei Damen in der Ecke. Die heiße Luft dringt in meine Lungen. Keine Ahnung, ob das hilft. Ich schwitze sofort.

In gebückter Haltung erkunde ich meinen Körper. Mit den Fingerspitzen taste ich meine Wangen ab. Da ist noch immer Vollmond, aber ich fühle, dass ich mein Gesicht zurückbekomme und die Nebenwirkungen des Cortisons nachlassen. »Verheiratet? Kinder?«, fragen die Damen, nachdem sie mir ein kurzes Akklimatisieren erlaubt haben. Ich schüttle den Kopf. »Ich wünschte ja, ich hätte eine Enkelin für dich, aber selbst für meine zwei Deppen zu Hause finde ich nichts«, sagt die eine. Und die andere: »Da ist so ein liebes Mädl im Einkaufszentrum. Soll ich da was machen?« – »Ich muss gerade ein bisserl aufhören zu suchen«, antworte ich. Sie verstehen mich nicht. »Also in deinem Alter, weißt eh, da waren wir schon lange...«

∞

Während A. schlief, lehnte ihr Kopf an meiner Schulter. Ihre Gesichtszüge verloren jede Anspannung. An ihren Augenlidern erkannte ich, dass sie träumte: ein leichtes Zucken manchmal, sanfte Wellenbewegungen danach und dann wilde Stürme, bis sie durch das Rattern des Zuges hochschreckte. Was war da in ihr? Gegen welche Monster trat sie an? Ich fragte nie.

∞

Vorbei am Lagerfriedhof in den Wald. Ich gehe die Runde ab, die ich seit dem Tod des Hundes gemieden habe. An der Kreuzung bleibe ich stehen. Noch immer weiß ich nicht weiter.

∞

Aufwachen. Als wäre da ein Leben, das ich gar nicht gelebt habe. Medikamente. Neue Bestzeit den Hügel hinauf. Anschließend Krafttraining. Duschen. Brausetablette zum Mittagessen.

∞

Auf halbem Weg blieb der Zug stehen. Die Durchsagen des Schaffners glichen experimenteller Lautdichtung. Für Stunden waren A. und ich alleine in einem überheizten Wagon. Rote Samtsitze, in denen sich die Gerüche so vieler Jahre festgesetzt hatten. Draußen kalte Gleise und vertikal fliegender Schnee. Die Fenster beschlugen. Schon seit Wochen wirkte A. aufgewühlt und schottete sich ab. Es war nichts Neues. An manchen Tagen glich ihr Gesicht einem Meer aus Melancholie und Leere. Während ich über die Individualität von Schneeflocken als Metapher unserer Zeit nachdachte, zog sich A. auf den entferntesten Platz zurück. Als hätte man einen Vogel in ein Glashaus gesperrt, hörte ich sie gegen die Fensterscheiben schlagen. Die Verspätung wurde in einer erneuten Durchsage auf unbestimmte Zeit datiert. Ausstieg unmöglich. Ich ging zu A., wartete, bis sie zu mir blickte, und begann mit unbeholfenen Wortspielen, die ihr sonst zumindest ein Lächeln entlockt hätten. Nichts! Aufgebracht fuhr A. hoch. Alles erwartete ich in diesem Moment, aber nicht, dass sie mich küsst. Sirenengeräusche auf dem Weg zum Bahnsteig.

∞

Lungenklinik. Pavillon VIII. Anmeldung. Vor mir ein Krankheitsstreber. Fein säuberlich hat er in einer roten Mappe alle Dokumente chronologisch in Folien geordnet. Blutabnahme. »Warum sind Sie denn nicht gleich bei uns geblieben?«, fragt mich die Pflegerin, nachdem ich ihr von den Stationen meiner Odyssee erzählt habe. Hoch in den dritten Stock. Alles wie beim ersten Mal. Ohrläppchen einschmieren. Warten. Ein Stich. Blut durch die Maschine. Lungenfunktionstest. Danach werde ich in einen Raum geführt, den ich noch nicht kenne. Ein Ergometer darin. Computer mit Schläuchen daneben. Ich schlüpfe in meine Sportsachen und setze mich laut Anweisung oberkörperfrei aufs Rad. Die Krankenschwester verkabelt mich. Wegen meiner dichten Brustbehaarung saugen sich die Knöpfe erst nach etlichen Versuchen an. Zum Abschluss bekomme ich noch eine Blutdruckmanschette auf den linken Arm. Anspannung, als würde mein Schicksal von den nächsten paar Minuten abhängen. Neue Routinen, einige Wochen Training, kein Exzess und ich dachte, es würde bereits für einen epischen Finalkampf reichen. Ich hätte mehr Zeit gebraucht! Eine junge Ärztin tritt ein. Sie werde den Leistungstest überwachen, sagt sie und zieht mir eine blaue Gummimaske über den Kopf. Die Atmung ist eine andere jetzt. Auf Kommando der Doktorin beginne ich zu treten und muss ein gewisses Tempo halten, während in regelmäßigen Abständen der Widerstand um 40 Watt erhöht wird. Die ersten Stufen absolviere ich ohne Probleme. Nach jedem Anstieg aktiviert sich die Blutdruckmanschette. Die Krankenschwester sticht in mein Ohrläppchen und die Ärztin notiert meine Ergebnisse. »Ganz gut«, sagt sie und spornt mich in ihrem gelangweilten Ton an, schneller zu treten als nötig. Langsam beginne ich zu schwitzen. Ich komme in Fahrt und weiß nicht, was mich davon abhalten sollte, auf ewig so weiterzumachen. Ein tiefer Atemzug und... nichts! Als wäre die gesamte Atmosphäre der Welt – von einem Moment auf den anderen – zu einem winzigen Plastiksack geschrumpft. Ich atme schnell. Hechle. Hyperventiliere fast, während ich gleichzeitig nicht aufhöre weiterzutreten. »Sie müssen echt keinen Rekord aufstellen«, sagt die Krankenschwester besorgt, als ich wie in Trance nur noch auf die Zeiger der Uhr starre und immer lauter nach Luft schnappe. »Bevor Sie uns vom Rad fliegen, hören Sie auf!« Ihr Ton wird bestimmter. Nicht aufgeben! Weitermachen! Ich muss dem Chefarzt und mir selbst beweisen, dass ich nicht krank bin, dass all das nie wahr gewesen ist. Egal, was auch passiert, weiter... Die Beine geben nach. Der Widerstand zu groß. Erstickungsangst. Panik, in der ich mir sofort die Maske vom Kopf reißen will. Ausschwitzen. Duschen. Zurück in den ersten Stock. Lungenröntgen. Ich gebe meine Ergebnisse ab und warte, bis ich ins Ordinationszimmer gerufen werde. Neben dem Chefarzt sitzt eine Auszubildende, der er meinen Krankheitsverlauf diktiert. In dieser verdichteten Rückschau hört sich all das noch weniger wie meine eigene Geschichte an. Der Doktor nimmt den Befund der Ergospirometrie zur Hand. »Wie fühlst du dich«, fragt er salopp und ich antworte mit einem melancholischen Grunzen, als würde ich auf das endgültige Todesurteil warten. »Es gibt zwar einen Leistungsabfall im höheren Bereich, aber das sollte uns nicht weiter beunruhigen. Die Werte sehen so weit gut aus. Also ich würde vorschlagen, wir reduzieren die Medikation. Im Gegenzug machst du weiter Sport und wir sehen uns in einigen Wochen wieder. Zufrieden?« – »Wie lange noch?«, ist die einzige Frage, die mir durch den Kopf schießt. »Du solltest dich darauf einstellen, dass wir uns regelmäßig sehen werden. Aber wenn die Ergebnisse so bleiben, dann bin ich zuversichtlich, dass wir das Cortison bald ausschleichen können.« Bevor ich gehe, zeigt mir der Chefarzt das heutige Lungenröntgen und vergleicht es mit den allerersten Aufnahmen. »Gewisse Narbenbildungen wirst du nicht mehr wegbekommen, egal, wie hoch wir die Medikation ansetzen. Aber im Großen und Ganzen ist da schon mehr Licht als Schatten.«

∞

Aufwachen. Medikamente. Training. Fünf Kilo weniger. Drei neue Hosen für den Friedhof. Eierlieferung an Oma. Sie zwingt mir ein Schmalzbrot auf und erzählt über ihren Bruder, der barfuß aus dem Krieg gekommen ist. Opa, der... So viele Jahre, seit er gestorben ist. So viele Jahre, in denen ich bei jeder Geschichte über ihn den Raum verlasse.

∞

Im Laufe des dritten Schuljahres hatte A. einen Freund. Es überraschte mich nicht. Wer ihre Schönheit nicht erkannte, war entweder blind oder ein Volltrottel. Ich nahm diese neue Tatsache stoisch zur Kenntnis. Um genau zu sein: Ich wusste nicht, was oder ob ich überhaupt etwas dabei empfand, wenn ich A. in den Armen eines anderen sah. Als sie wenige Wochen später mit ihrem Freund Schluss machte, kam er zu mir, weil er dachte, ich sei der Grund gewesen. Wusste er bereits, was ich mir bis dahin nicht eingestehen hatte wollen?

∞

Graben mit Boki. Papa versucht sich an der Maschine. Ich stehe daneben und gebe ihm Anweisungen. Es braucht Übung, aber es wird. Kann Boki mich ersetzen, damit ich...?

∞

Chronologisch sortiere ich die Befunde in einem roten Ordner. Vielleicht hilft es ja wirklich. Blatt für Blatt lese ich meine Krankheitsgeschichte. Vom ersten Verdacht beim Röntgen bis zur Computertomografie, der Bronchoskopie, Landdoktor und jetzt Chefarzt. Wurde irgendetwas übersehen? Es liest sich komisch. Mein Ich ist darin reduziert auf eine einzige Diagnose, als ob sie mich in eine Schublade gesteckt hätten, während auf alles andere keine Rücksicht genommen wird. Ich-Identität: Sarkoidose. Der Rest ist nur Beiwerk. Es ging stets um die Bekämpfung der Schatten, aber ich? Fallzahl eines Krankheitsverlaufes.

∞

Während ich weiter der pummelige Junge blieb, der in seiner Entwicklung etwas spät dran war, wechselte A. in unseren Schuljahren so oft ihre Erscheinung, dass während jeder Zugfahrt ein anderer Mensch vor mir zu sitzen schien. Am schlimmsten waren die Sommerferien. Zwei Monate, in denen ich A. nicht sah und danach kaum wiedererkannte. A. wuchs über mich hinaus, hatte wieder eine andere Haarfarbe und das Kindliche ihrer Gesichtszüge war klaren Konturen gewichen. In welche Version von A. ich mich verliebte, weiß ich nicht mehr – vermutlich in die *eine*, in der *alle* lagen.

∞

Zum Lungenarzt auf dem Land. Anmeldung. Wartezimmer. Die süße Melancholie des Abschieds. Jede Kleinigkeit nehme ich als etwas Kostbares wahr, als etwas, das es wert ist, es sich zu merken: Das Glänzen der immer gleichen Zeitschriften. Die mechanischen Geräusche der Sauerstoffflaschen. Das mit dem Holzzug spielende Kind. Noch ein paar Termine hier und ich hätte meine erste *Hustsymphonie* komponieren können. Arbeitstitel: *Kutz-Kutz (a-Moll)*. Mein Name wird aufgerufen. Ich setze mich und lege die Klinikbefunde auf den Tisch. Stoisch liest sich der Doktor die Ergebnisse durch. Ich habe das Gefühl, als müsste ich mich dafür entschuldigen, fremdgegangen zu sein. Ohne mich anzusehen, sagt er nüchtern und in gleichbleibender Tonlage, dass die hochdosierte Initialbehandlung *State of the Art* gewesen sei, weil eine Spontanheilung der Sarkoidose auszuschließen war. Weiters stimme er der vorgeschlagenen Reduktion des Cortisons zu, wobei das Absetzen des Medikaments genau beobachtet werden sollte. Stille. »Im Prinzip weiß ich noch immer nichts über diese Krankheit«, sage ich in einem resignierenden Ton. »Wir können nur die Symptome behandeln, die bei jedem Patienten anders sind. Der Rest liegt bei einem selbst.« Zum ersten Mal, seit ich den Arzt kenne, sind seine Worte klar. Keine Fremdwortexpeditionen. Kein Metaphernmarathon durch fantastische Tierwelten. Es fühlt sich so an, als würde er mich jetzt wirklich verstehen. Mache ich einen Fehler, ihn zu verlassen? Sollte ich nicht bis zum Ende bei ihm bleiben, wo wir so viel miteinander durchgemacht haben? Ich stehe auf. Auch wenn es unausgesprochen bleibt, wissen wir beide, dass wir uns nicht mehr sehen werden.

∞

Vor der Totengräberkammer eine Kiste. *Zur freien Entnahme.* Ganz oben ein Buch mit völlig missglücktem Cover. Ein zartes Rosa ziert den Einband. Zwei Hände sind zu einem Herz geformt. In der Mitte strahlt ein Kristall. *Meditationen fürs Herz.* Ich überfliege die ausführliche Einleitung, den theoretischen Teil und komme gleich zur praktischen Anwendung. Fünf Schritte: hinsetzen, Augen schließen, den Kopf leeren, einen Kristall im Herzen visualisieren, zupacken – dazwischen atmen, atmen, atmen. Ich bin skeptisch, aber die Trauerfeier dauert länger. Entlang der Friedhofsmauer nehme ich die mir einzig bekannte Meditationshaltung ein und schließe die Augen. Ich atme und... »Lasse alles los, was dich erfüllt hat. Werde innerlich leer und öffne das Herz. Einfach, indem du es beschließt, geschieht es!«... *atme...* »Im Zentrum deines Herzraums befindet sich ein kosmischer Kristall, der Anbindungspunkt deines göttlichen Seins im physischen Körper.«... *atme...* »Das Herzlicht wächst über dein Herz hinaus in den Brustraum, über den Brustraum hinaus in die Aura, über die Aura hinaus in das Land, über das Land hinaus in die Welt, über die Welt hinaus in den Kosmos.«... *atme...* »Schon nach sieben Atemzügen ist die Erde in deinen Herzkristall eingehüllt und der Planet mit all seinem Leben in deiner nährenden, heilenden Liebe geborgen.«... *atme und atme und...* Kirchenglocken. Trauerzug. Auf dem Weg verliert eine Frau ihr Bewusstsein. Der Sohn des Bestatters beginnt mit der Wiederbelebung. Das Problem sind die Schaulustigen. Ein Helikopter landet auf dem brachliegenden Feld des neuen Friedhofs. Die Propellergeräusche übertönen die letzten Worte des Pfarrers. »Das Grab brauchst gar nicht zuschütten«, flüstert mir ein alter Mann ins Ohr.

∞

Nachdem ich die Gefühle für A. zugelassen hatte, merkte ich schnell, dass ich zuvor noch nie verliebt gewesen war. Die Welt wurde ganz still und klar, wenn A. an meiner Seite saß. Erstmals fühlte ich mich wie ein ganzer Mensch und wollte nirgends sonst sein. Nur hier – mit ihr! Aber sobald A. den Zug verließ, lebte ich in dem rastlosen Wahn, ihr meine Liebe gestehen zu müssen: Ich schrieb Gedichte, die ich sofort verbrannte. Malte abstrakte Kunstwerke, die ich ihr an ihrem Geburtstag schenken wollte. Pflanzte einen Baum auf meinem Lieblingshügel, damit er wie unsere Liebe Wurzeln schlagen würde. Aber je klarer meine Gefühle für A. wurden, desto mehr zog sie sich in ihre eigene Welt zurück, in der niemand sonst Platz zu haben schien. Ich war mir sicher, dass A. mich liebte. Nur konnte ich mir nicht eingestehen, dass es nicht die Liebe war, die ich erhofft hatte. In meiner Schwarz-Weiß-Welt gab es keine Schattierungen.

∞

»Die neue Lungenfunktion sieht gut aus«, sagt der Chefarzt. »Ich war auch brav«, antworte ich wie ein Kleinkind, das sich dafür beim Hinausgehen einen Schlecker erwartet. »Und wie geht's mit dem Schreiben voran? Ich möchte bald etwas von dir lesen!« Die Frage trifft mich unvorbereitet. »Ich mache gerade eine Pause«, murmle ich in mich hinein. Der Doktor schweigt und zieht seine Stirnfalten nach oben. »Es ist nur gerade so, als hätte ich meine Sprache verloren, und ich muss mir erst eine neue erfinden.« Die Sitzungen bekommen einen therapeutischen Charakter. Noch nichts hat der Chefarzt von mir gelesen und doch sagt er Sätze wie: »Es braucht Leute wie dich!« Ich weiß nicht, was er damit meint, aber es fühlt sich gut an. Vielleicht sagt der Doktor auch nur, was ich hören möchte, und gibt mir das Gefühl, als könnte ich mehr sein, als wäre mein Schreiben... Reduktion auf 5 mg Cortison.

∞

A. schenkte mir mein allererstes Notizheft. Leineneinband. Wenige Wochen später waren fast alle Seiten gefüllt. A. blätterte sie durch und blieb bei einem Eintrag stehen. Die Geschichte über ein dreibeiniges Reh, das ich neben einem Baum gefunden hatte, als wir wie jedes Jahr in der Kaserne Heu machten. Papa hatte es mit dem Mäher erwischt. Auf dem Weg zum Tierarzt drückte ich das Reh an mich und pflegte es die nächsten Wochen gesund. Bambi, wie ich das Reh taufte, weil ich dachte, dass alle Rehe so hießen, lebte für einige Zeit unter unseren Schafen. Eines Morgens war es nicht mehr da. Papa hatte es in die Freiheit entlassen. Zumindest sagte er das. Ich wollte nie die Wahrheit darüber wissen, was mit Bambi wirklich passiert war. A. blickte auf. »Vielleicht solltest du das machen!«, sagte sie. »Was?« – »Deine Geschichte erzählen.«

∞

Fußball. Ich passe wieder ins Trikot, ohne dass es an fünf verschiedenen Stellen spannt. Die Luft reicht für 90 Minuten. Schimpftiraden. Handgreiflichkeiten. Wir verlieren hoch. Es fühlt sich gut an.

∞

Ich sollte glücklich sein. Der Sport, die Ruhe und die Zügelung des Verlangens, jede Kleinigkeit aufschreiben zu müssen, weil ich sie sonst verlieren könnte, wirken. Die Schatten lichten sich. Aber ich? Als wartete ich in dieser trügerischen Ruhe auf den nächsten Sturm!

∞

Irgendwann hatte ich den Zeitpunkt verpasst, um A. zu fragen, ob wir uns fern dieser Zugwelt treffen sollten. Was immer das zwischen uns war, ich wollte es nicht verlieren. Da draußen wären wir bloß ein Junge und ein Mädchen gewesen, die sich im gnadenlosen Alltag schnell auseinandergelebt hätten. Nur hier drinnen, in diesen wenigen Momenten im Zug, waren wir unendlich.

∞

Aufwachen. Medikamente. Graben. Die 90-jährige Witwe lehnt den Kopf an meine Brust, um mir zu zeigen, wie ihr Mann, den sie in der Schule kennengelernt hat, in ihren Armen gestorben ist.

∞

Aufwachen. Medikamente. Meditation am Hügel. Ich atme Sprengstoff. Erinnerungsfelsen brechen frei.

∞

Aufwachen. Medikamente. »Warum?«, höre ich einen kleinen Jungen seine Mutter fragen. »Weil alles, was auf die Welt kommt und atmet, stirbt«, antwortet sie auf dem Weg durch den Friedhof. Der Vater schweigt.

∞

Aufwachen. Medikamente. Laufen. Laufen. Laufen ...

∞

Die Lungenklinik wie ausgestorben. Gespenstisch. Leere Gänge. Zur Anmeldung. Alles wie gehabt. Zwischen den Kontrolluntersuchungen beginne ich in den Tagebüchern von Franz Kafka zu lesen: »Die Zuschauer erstarren, wenn der Zug vorbeifährt.« Im Ordinationszimmer eine Doktorin, die ich nicht kenne. Ihr Blick ist streng. Der Chefarzt fasst für sie meine Krankheit zusammen: »Sarkoidose im Stadium II. Nach einer hochdosierten Cortison-Therapie sind wir gerade dabei, die Medikation auszuschleichen. Den heutigen Werten zu Folge scheint die Lungenfunktion trotz Reduktion stabil zu sein, also ich würde vorschlagen, die Dosis nochmals zu halbieren und danach den weiteren Verlauf zu beobachten, um die Behandlung zu beenden.« Die Doktorin macht sich selbst ein Bild über die Ergebnisse und schlägt ihrerseits vor, weiter bei der jetzigen Medikation zu bleiben, um die Remission nicht unnötig zu gefährden. Der Chefarzt stimmt ohne Widerspruch zu. Ich weiß nicht, was hier gerade passiert. »Die Frau Doktor wird meine Patienten übernehmen«, sagt er. »Ich bin schon auf meiner Extrarunde. Aber keine Sorge. Du wirst in sehr guten Händen sein.« Wie immer, wenn ich verlassen werde, ist da nur diese völlige Leere – und Trotz. »Dann würde ich sagen, du machst weiter Sport, bleibst brav und lässt für die nächste Kontrolluntersuchung eine abschließende Computertomografie machen.« – »Sind Sie dann noch da?«, frage ich mit brechender Stimme. »Ich habe mich gerade erst an Sie gewöhnt.« Ein Blick zum Abschied. Bier in einer Bar. Ich schreibe Unbekannten von Dingen der Liebe.

∞

Die letzten Tage der Schule brachen an. Mir lief die Zeit davon und ich warf die romantische Vorstellung über Bord, dass A. und ich nur in diesem Zug existierten. Wollte ich sie nicht verlieren, dann gab es nur eine einzige Möglichkeit. Ich musste A. die Frage aller Fragen stellen. Alles andere wäre ein Leben im Konjunktiv! Am Abend nach den Abschlussprüfungen saß A. mir gegenüber. Ich gab ihr ein in Zeitungspapier eingepacktes Geschenk. Sie öffnete es vorsichtig und legte ein Notizheft mit Leineneinband frei. Aufs erste Blatt hatte ich eine Landkarte geklebt und ihr den Weg zu meinem Lieblingshügel nachgezeichnet. Am Ende des Sommers, wenn die Ernte vorbei war, würden wir einander hier treffen, um... A. blickte auf. Ich sah tief in ihre Augen und fragte sie mit gebrochener Stimme: »Willst du mich... auf meiner Weltreise begleiten?« Knistern in der Luft. Die untergehende Sonne, die jedes Staubkorn zwischen uns sichtbar machte. Das Klischee der Filme stimmte also: diese pathetischen Einstellungen, in denen plötzlich, wenn eine Entscheidung anstand, alles in Zeitlupe verlief. Wäre es wirklich ein Film gewesen, hätte ich hier eine völlig übertrieben lange Abblende gemacht. Schnitt auf A. Sie flüstert mir ihre Antwort ins Ohr und... alles bliebe für alle Zeit in diesem Zustand der Möglichkeit und Hoffnung. In dieser Welt hatte ich mich eingerichtet, dort, wo der Schnitt zur richtigen Zeit das Leben unterbrach und es in der Montage zu etwas machte, was es gar nicht war. »Ein *Happy End* haben nur Geschichten, die nicht zu Ende erzählt wurden.« Bis zu diesem Moment hatte ich nicht verstanden, was Orson Welles damit meinte. Das Leben kennt den richtigen Schnitt nicht. Egal, wie sehr man versucht, das Leben zur Abblende zu zwingen, es läuft einfach weiter.

∞

Es gibt kein Ende mit A. – keine Geschichte, die sie wie durch Zauberhand für alle Zeit an meine Seite bindet. Nur dieses Schreiben, das weder Anfang noch Ende kennt.

∞

Am Nachmittag zur Hausärztin. »Wie geht es dir?«, fragt sie mich. Noch immer fällt es mir schwer, über die Krankheit zu reden – auch nur irgendetwas über mich zu erzählen, wie ich mich fühle... Der Kampf findet dort statt, wo niemand hinsieht. »Es braucht noch etwas Zeit«, antworte ich mit einem Lächeln. »Aber es wird!« Kurz vor Sonnenuntergang spaziere ich hoch zu meinem Lieblingshügel. Ich setze mich in die Wiese und schlage mein Notizheft auf.

∞

Vor so vielen Jahren ist A. gegangen. Seither nicht ein Tag ohne sie. Nicht ein Tag, an dem ich nicht ein Wort an sie gerichtet habe. Die Welt hat sich auch ohne sie weitergedreht, aber ich weiß, dass sie meine Stimme noch hört.

∞

Heute graben. Die Erde feucht, lehmig. Bei den ersten Brettern des Sarges sagt Papa: »Da drin lebst ewig.«

www.kremayr-scheriau.at

ISBN 978-3-218-01295-9

Copyright © 2022 by Verlag Kremayr & Scheriau GmbH & Co. KG, Wien
Alle Rechte vorbehalten
Schutzumschlaggestaltung: Christine Fischer
Unter Verwendung der Grafiken von shutterstock.com:
503915164 und 1186261909
Lektorat: Marilies Jagsch
Satz und typografische Gestaltung: Ekke Wolf, typic.at
Druck und Bindung: Finidr, s.r.o., Czech Republic

Gedruckt mit freundlicher Unterstützung durch die Kulturabteilung der Stadt Wien und das Land Niederösterreich.

 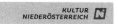